Le mystère du feu

Castor Poche
Collection animée par
François Faucher, Hélène Wadowski,
Martine Lang, Cécile Fourquier et Céline Vial

Titre original :

ELDENS GATA

À Kari,
qui m'a permis
de faire la connaissance de Sofia.

En souvenir de Rosa.

Ouvrage traduit avec le concours
du Centre national du livre.

Une production de l'Atelier du Père Castor

HENNING MANKELL

LE MYSTÈRE DU FEU

Traduit du suédois par
Agneta SÉGOL

Castor Poche Flammarion

J'ai encore une histoire à vous raconter.
Cette fois-ci, elle parlera de Sofia
et de sa sœur Rosa.
L'aube africaine n'est pas loin.
Sofia vient de se réveiller.
Il fait encore nuit
mais le soleil va bientôt se hisser
au-dessus de l'horizon
comme une boule couleur de feu.
Un nouveau jour vient s'ajouter à la vie de Sofia...

Chapitre I

Sofia se réveilla un matin avec le sentiment que quelque chose d'étrange allait se passer. Quelque chose qu'elle n'avait pas connu jusque là. Quelque chose qui allait marquer sa vie à tout jamais.

Comme tous les matins, elle ouvrit les yeux juste avant que le coq de madame Mukulela ne se mette à chanter. Elle ne l'aimait pas, ce coq. Du reste, personne dans le village ne l'aimait. Il chantait trop tôt, bien avant que la première lueur du jour ne soit apparue derrière les montagnes. Monsieur Temba, qui habitait en face de chez madame Mukulela, reprochait à sa voisine de ne pas s'être débarrassée de son coq qui ne comprenait pas quand il devait chanter et quand il devait se taire. À plusieurs reprises, il avait menacé de le tuer. Un jour, après avoir vendu plus de paniers au marché qu'à l'accoutumée, il s'était proposé de le lui acheter pour l'achever et le manger. Madame Mukulela avait remis ses gros seins en place et avait répondu, sur un ton agacé, que son coq n'était pas à vendre.

Allongée dans le noir, Sofia ne put s'empêcher de rire en y repensant. Elle les aimait bien, monsieur Temba et madame Mukulela. Le coq n'était pas le vrai sujet de leur dispute. Monsieur Temba était en fait vexé parce que madame Mukulela refusait de venir s'installer avec lui dans sa case. Ils vivaient seuls, tous les deux. Le mari de madame Mukulela était parti travailler dans les mines en Afrique du Sud. Il y avait trouvé une autre femme et il partageait désormais sa vie avec elle. Monsieur Temba était veuf depuis quelques années.

« C'est parce qu'ils s'aiment qu'ils se disputent », se dit Sofia.

Elle se remit à rire. Madame Mukulela avait de très gros seins. Chaque fois qu'elle s'énervait, elle les remettait en place, comme s'ils l'empêchaient d'exprimer sa colère.

Rosa était couchée sur une natte par terre.

Sofia l'entendait respirer. Elle entendait aussi leur mère et leurs deux jeunes frères qui dormaient dans la pièce d'à côté, derrière un rideau accroché devant l'ouverture de la porte. Leur respiration lui procurait un sentiment de sécurité. Elle aimait beaucoup ce petit moment matinal, lorsqu'elle seule était réveillée.

Elle passa en revue les différentes occupations qui l'attendaient. Elle allait tout d'abord fixer ses deux jambes en plastique. Elle les portait depuis le jour où elle avait marché sur une mine et où Maria avait trouvé la mort. En les attachant, elle allait discuter avec Maria. Comme tous les matins. Quatre ans s'étaient écoulés depuis sa disparition mais Sofia avait l'impression que sa sœur continuait à venir la voir. Curieusement, celle-ci n'avait pas changé. Elle n'avait pas grandi. Elle était exactement comme avant cet épouvantable accident. Maria revenait de l'autre monde, de celui qui est situé sous la terre. Sofia était convaincue qu'il y avait une porte dans les profondeurs sombres qui s'ouvrait pour nous après notre enterrement et qui menait vers le royaume des morts. À moins que ce ne soit un bateau aux voiles gonflées par le vent souterrain qui nous y emporte. Elle imaginait que les deux rives étaient séparées par un fleuve qui progressivement se formait et prenait de l'ampleur. À sa demande, Maria lui avait expliqué que le pays des morts était exactement comme leur village. Tout y était pareil. Être vivant ou mort, c'était en fait la même chose.

Puis, comme chaque matin, Maria allait disparaître. Vêtue de sa robe blanche, elle allait se dissiper dans la lumière du soleil, comme aspirée par elle.

Les journées commençaient toujours de la même manière : Sofia attrapait ses jambes appuyées contre la paroi et Maria apparaissait. Sofia faisait ensuite sa toilette dans la cour. Mais d'abord elle était allée chercher de l'eau dans le puits situé sur la route qui menait à la ville. Elle avait encore besoin de ses deux béquilles pour marcher et elle avait appris à porter le seau en équilibre sur sa tête. Après s'être lavée devant le miroir cassé qu'elle avait trouvé sur le chemin de l'école, elle irait aider sa mère qui serait alors en train de préparer le petit déjeuner sur le feu. Lydia se rendrait ensuite à la *machamba** où elle cultivait des légumes et du maïs. Sofia était char-

* Champ.

gée de balayer la cour et Rosa s'occupait du petit lopin de terre situé tout près de chez eux, entre la case de madame Mukulela et la route du marché. Cet après-midi-là, Sofia allait raccommoder le pantalon de monsieur Temba et commencer à tailler une robe pour Rosa.

C'était le matin d'une journée ordinaire.

La seule chose qui la distinguait des autres jours, c'était qu'il n'y aurait pas d'école. Mademoiselle Adelina était venue, la semaine précédente, les informer que la fuite du toit de l'école allait enfin être réparée. On avait trouvé l'argent nécessaire et les enfants seraient dispensés de cours pendant quelque temps.

Un jour sans école n'était pas désagréable, mais il ne fallait pas que ça dure plus longtemps. Sofia aimait bien y aller. Dans ses rêves, elle se voyait en blouse blanche : Docteur Sofia. Elle n'en avait parlé à personne. Même pas à Rosa. Parfois, cela lui paraissait si énorme et si irréalisable qu'elle en avait peur. Mais cette idée revenait sans cesse. Comme un magnifique papillon entêté qui refusait de s'éloigner…

Le soleil n'allait pas tarder à se lever.

Le chant du coq était tout proche. Sofia remonta sa couverture jusqu'au menton en se demandant quel événement exceptionnel allait bien pouvoir se produire ce jour-là.

Elle allait peut-être tomber amoureuse. Un garçon qui ne prêterait pas attention à ses jambes artificielles allait peut-être passer dans leur village. Une vague de chaleur intense l'envahit.

Au même moment, le coq se mit à chanter.

Rosa se retourna sans se réveiller. Sofia passa sa main sur les cheveux tressés de sa sœur. De tous ses frères et sœurs, c'était Rosa sa préférée. Elle avait dix-sept ans et était de trois ans son aînée. Sofia pouvait tout lui dire et elles riaient beaucoup ensemble.

Progressivement, l'obscurité se dissipa. Sofia continua à caresser les cheveux de Rosa.

Elle ne se doutait pas encore de ce que ce jour naissant leur réservait de terrible.

Chapitre 2

Sofia se disait souvent que la vie est faite d'événements imprévus, de situations inattendues qui viennent bousculer vos projets, même les plus minutieusement préparés. Cette constatation lui était venue pour la première fois le jour où la grande catastrophe avait eu lieu. Ce jour qui pourtant avait commencé de façon tout à fait ordinaire. Ce jour où Sofia avait marché sur une mine enfouie sous la terre. Elle avait perdu ses deux jambes et sa sœur Maria avait été tuée. C'est à ce moment-là qu'elle avait conclu que rien n'est jamais certain, ni prévisible. Et cela est vrai pour tout dans la vie et à tous les niveaux. Le soir, quand on se couche, on ne sait pas si le lendemain sera pluvieux.

On ignore si on va avoir mal au ventre ou si on va se réveiller avec une piqûre de moustique si mal placée qu'il faudra demander à quelqu'un de l'entourage de vous aider à vous gratter.

Impossible de savoir si le lendemain sera bon ou mauvais.

Il faut se contenter d'espérer.

À plusieurs reprises, Sofia avait essayé de faire part de ses réflexions à Rosa.

Mais Rosa s'en fichait. En permanence amoureuse, elle avait l'esprit bien trop occupé par un nouveau petit ami pour penser à ce qu'elle considérait comme des idées de petites filles.

Les deux sœurs n'étaient jamais aussi proches l'une de l'autre que lorsque Sofia tressait les cheveux de Rosa. C'était un moment privilégié où elles ouvraient leur cœur et où elles se confiaient leurs pensées les plus intimes. Mais elles ne se disaient pas tout. Sofia savait que Rosa gardait des secrets. Comme elle, d'ailleurs. Tout le monde a des sentiments et des rêves cachés dans une petite grotte intérieure dont l'accès est interdit, même aux êtres les plus chers.

Cependant elles partageaient ce qui est important. Rosa, l'aînée, qui avait plus d'expérience, expliquait à sa sœur ce qu'elle était encore la seule à connaître. Elle lui parlait surtout de l'amour. Sofia écoutait et gardait précieusement en mémoire ce qu'elle apprenait.

Mais les deux sœurs étaient séparées par une frontière invisible : Rosa, elle, n'avait pas marché sur une mine. Elle avait les mêmes jambes depuis sa naissance. Elle n'était pas tous les jours obligée d'attacher et d'enlever des morceaux de plastique avec des chaussures au bout. Ce qu'elles avaient en commun, par contre, c'était d'avoir perdu une petite sœur. Pourtant elles ne semblaient pas éprouver le même chagrin. Rosa ne recevait pas tous les matins la visite de leur sœur morte. Du moins, elle n'en avait jamais parlé. Si cela avait été le cas, elle l'aurait forcément fait. Sofia réfléchissait beaucoup avant de dévoiler un secret, alors que Rosa était incapable de se taire. La moindre de ses pensées se transformait immédiatement en paroles.

Certaines choses étaient difficiles à aborder.

Sofia ne pouvait pas s'empêcher de ressentir une certaine jalousie vis-à-vis de Rosa qui avait encore ses jambes. Elle n'aurait jamais la belle démarche ni le mouvement de hanches de sa sœur. Elle aurait toute sa vie besoin d'au moins une canne pour se déplacer et bougerait toujours avec raideur, comme si elle marchait sur des échasses. Elle avait honte de ses sentiments. Avouer sa jalousie n'était pas facile. Le jour de l'accident, elles étaient parties jouer, elle et Maria. Rosa n'en était pas responsable, elle n'y était pour rien. Et pourtant, souvent le matin, en attendant que le coq ne se mette à chanter, Sofia était saisie d'une telle colère qu'elle était prête à frapper Rosa qui dormait tranquillement à côté d'elle.

Rosa était en plus particulièrement belle.

Même si Sofia avait encore eu ses jambes, son visage n'aurait pas été aussi harmonieux que celui de Rosa, ni son corps aussi parfait. Contrairement à sa sœur, qui était grande et mince, elle était plutôt robuste. Elle avait de gros seins alors que ceux de sa sœur étaient juste de la bonne taille. Souvent le soir, avant d'aller au lit, elles comparaient leurs corps nus tout en pouffant de rire. À la lueur d'une bougie, elles s'observaient sous tous les angles. Il arrivait que Lydia, dans la pièce d'à côté, les entende et leur demande ce qu'elles étaient en train de faire. Elles se taisaient alors immédiatement. Mais dès qu'elles entendaient leur mère ronfler, elles se remettaient à discuter à voix basse. Elles avaient tant de choses à se dire. Leur sujet de prédilection était les garçons qui se battaient pour faire la cour à Rosa.

Sofia quitta le lit, attacha ses jambes, s'habilla et sortit. Lydia était déjà en train d'allumer le feu.

Au moment de sa toilette, Sofia vit Rosa apparaître dans l'ouverture de la case. Elle bâillait et s'étirait. Son visage était enduit d'une crème qu'un de ses admirateurs lui avait offerte et qui faisait briller sa peau au soleil. Une nouvelle vague de jalousie monta en Sofia. Elle n'aurait jamais un teint aussi doux et luisant. Elle ne rencontrerait jamais de garçon qui lui fasse un cadeau pareil.

Rosa s'approcha de Sofia.

— Je ne comprends pas pourquoi je suis si fatiguée, dit-elle.

— Tu ne dors pas assez, répliqua Lydia sur un ton sévère. Tu sors trop et il y a trop de garçons autour de toi.

Tout en remuant l'eau qui était en ébullition dans la cocotte en fonte, Lydia jeta un regard rapide sur le ventre de Rosa. Sofia avait remarqué qu'elle le faisait tous les matins et elle se demanda ce que sa mère cherchait à vérifier. Si Rosa était enceinte ? On ne pouvait jamais vraiment savoir ce qui se passait dans la tête de maman Lydia.

Sofia alla rejoindre Rosa qui s'était accroupie à l'ombre de la case.

— Je suis si fatiguée, dit-elle, et pourtant je dors beaucoup. Je n'ai la force de rien faire.

— Tu es malade ?

Rosa fit non de la tête.

— Je n'ai mal nulle part.

Elles abandonnèrent le sujet.

Le petit déjeuner était prêt. La famille se réunit autour du feu et Lydia donna à chacun sa ration de bouillie de maïs. Sofia aida Faustino, le plus jeune de ses petits frères, à manger. Il avait à peine quatre ans. Alfredo, qui en avait six, s'efforçait de faire durer le plaisir en avalant le contenu de son plat aussi lentement que possible.

Sofia ne savait pas qui était le père de Faustino. Le sien, qui était aussi celui d'Alfredo, de Maria et de Rosa, avait été tué par des Bandits pendant la guerre. Lydia gardait dans son livre de cantiques une photo de lui qui avait été prise juste après leur mariage. Il travaillait alors dans les mines de diamant en Afrique du Sud. Lorsque Sofia avait des moments de découragement, elle sortait la photo, maintenant pâle et écornée, pour l'observer. Elle aurait voulu savoir si son père et sa sœur s'étaient retrouvés dans l'autre monde. Elle avait même posé la question à Maria, mais elle n'avait jamais eu de réponse.

L'identité du père de Faustino était un secret que Lydia refusait de dévoiler.

Rosa et Sofia en discutaient parfois entre elles. Un soir, juste avant de s'endormir, Rosa chuchota à l'oreille de Sofia que c'était peut-être monsieur Temba. Sofia fut choquée. Il était inconcevable que maman Lydia ait autorisé monsieur Temba à passer la nuit chez elle ! Même pour tromper sa solitude. Il est vrai que Sofia aimait bien monsieur Temba, mais ce n'était pas une raison. De là à imaginer que sa mère ait accepté sa compagnie et à le supposer être le père de Faustino… Elle s'opposa avec véhémence à cette idée et Rosa esquiva le sujet en disant qu'elle s'était sûrement trompée.

Un jour, Sofia décida de chercher la réponse directement auprès de Lydia.

Tenant compte de ses réactions qui étaient parfois violentes, elle choisit un moment où sa mère était de bonne humeur pour aborder un sujet aussi délicat. Elle lança la question en passant, comme si elle n'y attachait pas beaucoup d'importance. Lydia éclata de rire :

— C'était un homme sympathique qui un jour est passé par là. Il n'est jamais revenu.

Sofia n'insista pas davantage, consciente que sa mère aurait trouvé son obstination déplacée. Elle avait cependant beaucoup de mal à accepter de ne pas en savoir plus sur le père de son frère Faustino.

La matinée se déroula selon le rituel habituel.

Madame Mukulela vint leur dire bonjour. De nature curieuse, elle s'arrangeait toujours pour voir si leur cour était propre et bien rangée ou pour vérifier si un des enfants ne portait pas un nouveau vêtement. Il était rare que madame Mukulela retourne chez elle entièrement satisfaite. Elle n'aimait pas constater un changement chez ses voisins. Surtout si celui-ci leur apportait une amélioration. Elle tenait à ce que ce soit elle la mieux habillée et à ce que ce soient ses poules les meilleures pondeuses. Sur le chemin du retour, elle passait souvent devant chez monsieur Temba pour se chamailler un moment avec lui qui, dès l'aube, était installé à l'ombre de sa case pour fabriquer ses paniers.

Lydia attacha Faustino dans le dos et attrapa

sa binette pour se rendre à la *machamba* située à quelques kilomètres de leur village. Les grandes montagnes étaient à peine discernables dans la brume matinale. Elle s'en alla d'un pas rapide, comme si la journée était trop courte pour tout ce qu'elle avait à faire. Sofia suivit sa mère du regard. Elle était maigre et usée. Elle avait eu neuf enfants dont seulement quatre étaient encore en vie. Maria faisait partie des cinq qu'elle avait perdus. En la voyant courir ainsi, Sofia chercha à imaginer comment sa mère vivait son destin. Elle dont plusieurs enfants étaient morts très jeunes, elle qui s'esquintait à cultiver des légumes qui ne lui rapportaient pas grand-chose.

L'image de Lydia se dissipa dans la lumière du soleil, exactement comme celle de Maria.

Sofia ne marcherait jamais aussi vite que sa mère et ne se passerait jamais de ses cannes. Il était à peu près certain qu'elle n'aurait jamais d'enfants. Mènerait-elle une vie aussi dure ?

Elle scruta du regard la route qui était totalement vide.

Aveuglée par le soleil, elle plissa les yeux. Elle ne voyait toujours personne. Pas la moindre trace d'un garçon qui se serait arrêté pour la regarder sans attacher d'importance à ses jambes artificielles.

Elle se retourna en poussant un soupir.

Rosa avait maintenant quitté sa place près de la maison et était en train de ramasser sa binette. Une ride se creusa entre les sourcils de Sofia quand elle s'aperçut de l'effort que cela demandait à sa sœur. Comme si l'outil avait soudain pesé deux fois plus que la veille. Rosa réussit à poser la binette sur son épaule, se redressa et se mit à marcher vers le petit bout de terre attenant au terrain de madame Mukulela où caquetaient et picoraient les poules.

Sofia n'arrivait pas à détacher son regard de Rosa.

Au début, elle ne sut pas bien pourquoi. Puis elle réalisa que quelque chose avait changé : la démarche de sa sœur n'était pas comme d'habitude. Au lieu d'avancer d'un pas léger, en balançant ses hanches, le dos bien droit, elle se traînait. Chaque mouvement semblait être une souffrance. Malgré l'intensité du soleil, Sofia s'efforça de ne pas perdre Rosa de vue. Elle la vit arriver au champ, lever la binette… mais celle-ci lui glissa des mains.

Rosa tomba à genoux.

Sofia retint son souffle. Elle saisit ses cannes et se dirigea vers sa sœur en sautillant.

— Qu'est-ce qu'il y a ? demanda-t-elle.

— Je ne sais pas. Je suis si fatiguée...

Sofia eut un pincement au cœur en voyant la maigreur de Rosa et elle sentit son ventre se nouer.

Elle avait peur.

« Ça ne peut pas être vrai ! se dit-elle. Pas Rosa. Pas ma sœur. »

Rosa leva le regard vers Sofia.

La peau de son visage était brillante, mais cette fois-ci ce n'était pas dû à la crème que son ami lui avait offerte.

Elle transpirait abondamment.

Sofia se pencha en avant et posa une main tremblante sur son front.

Elle avait de la fièvre.

Rosa était malade.

Une boule d'angoisse se mit à grossir dans le ventre de Sofia.

Elle avait l'impression que le soleil avait subitement disparu et que la nuit était revenue.

Chapitre 3

Sofia aida sa sœur à regagner la case.

Comme elle avait l'habitude de dormir par terre, elle s'apprêta machinalement à reprendre sa place. Mais Sofia s'y opposa en lui disant qu'elle était malade et qu'elle devait profiter de leur unique lit. C'était un cadeau de monsieur Temba. Il l'avait offert à Sofia qui avait beaucoup de mal à se relever du sol depuis qu'elle avait perdu ses jambes. Monsieur Temba l'avait récupéré chez un instituteur à Boane qui, lui, l'avait eu en échange d'un vieux vélo.

Rosa s'allongea sur le lit.

— Je n'ai pas mal, dit-elle, c'est juste un coup de fatigue.

— Tu as de la fièvre.

— Ta voix tremble, s'étonna Rosa en scrutant le visage de sa sœur. Pourquoi ?

— Mais non, elle ne tremble pas.

— Je ne suis pas malade, insista-t-elle.

— Tu as de la fièvre, mais ce n'est sûrement pas grave.

Rosa posa sa tête sur l'oreiller et ferma les yeux. Elle avait raison : la voix de Sofia avait tremblé. Elle avait peur. Elle avait une boule d'angoisse dans son ventre. Mais peut-être s'inquiétait-elle pour rien. Sa sœur avait un peu de fièvre. Elle était fatiguée. C'était tout. Cela pouvait arriver à tout le monde. Dans quelques jours, elle serait de nouveau en pleine forme.

Elle avait pourtant beau chercher à se rassurer. Au fond d'elle, une voix tenait un autre discours.

Rosa avait lâché la binette et s'était effondrée. Sa fièvre avait forcément une cause. Et puis cette maigreur ! La voix intérieure se fit de plus en plus insistante. Sofia n'avait pas réalisé à quel point sa sœur avait maigri. Elle avait pourtant vu que Rosa terminait rarement ses plats depuis quelque temps. À la fin de chaque repas, il lui restait encore plein de maïs ou de riz dans son assiette.

Rosa ouvrit les yeux.

— J'ai mal à la tête. Il fait trop clair ici.

Sofia, qui était assise sur le bord du lit, prit une de ses cannes posées à côté d'elle et ferma le rideau. C'était elle qui l'avait confectionné avec un vieux bout de tissu.

— Tu veux un peu d'eau ? demanda-t-elle.

Rosa fit non de la tête.

— Je vais dormir, après ça ira mieux. Va plutôt surveiller Alfredo.

Rosa avait raison.

Il ne fallait pas laisser leur petit frère tout seul. En quittant le chevet de sa sœur, Sofia se dit que la fermeture exceptionnelle de l'école n'était peut-être pas due au simple hasard. Puisque la vie semble se composer d'événements imprévisibles, il se peut très bien qu'ils se produisent à un moment qui nous arrange. Quelle chance que Sofia ait été à la maison justement le jour où Rosa avait eu son malaise !

Alfredo était assis devant la case en train de dessiner dans le sable avec un bâton. Il était costaud pour son âge. Presque gros. Il ne portait pas d'autres vêtements qu'un pantalon troué. C'était un héritage de monsieur Temba. En fait, Sofia avait raccommodé quelques-unes de ses chemises et en échange, il lui avait proposé le pantalon. Mais il était bien usé à présent et avait besoin d'être rapiécé.

Alfredo dessinait un homme.

— Ça représente qui ? demanda Sofia.

— Je n'en sais rien.

— Je m'en vais maintenant. Fais attention au feu. Ne t'en approche pas.

Alfredo hocha la tête en guise de réponse.

Sofia était consciente d'agacer son frère avec toutes ses recommandations. Il avait tout de même six ans et savait bien ce qu'il avait le droit de faire et de ne pas faire. Il était rare qu'il fasse des bêtises.

Sofia se rendit dans le champ pour récupérer la binette de Rosa.

Elle entendait au loin madame Mukulela chanter d'une voix fausse et stridente, sans se préoccuper ni de la mélodie ni des rimes :

J'ai de bonnes poules,
mais elles ne sont pas assez nombreuses,
je devrais peut-être me trouver un chien,
l'ongle de mon orteil gauche est cassé…

Sofia secoua la tête.

Décidément, madame Mukulela n'était pas très douée pour la musique.

Sofia se pencha pour ramasser la binette qui n'était pas plus lourde que la veille.

Elle l'emporta et la rangea près de la maison pour obéir à Lydia qui voulait que ses enfants prennent soin des outils. Le champ avait besoin d'être désherbé. Comme Rosa n'en avait pas la force, Sofia décida de s'en charger. Mais d'abord, elle avait besoin de s'asseoir un instant pour réfléchir. Elle s'installa sur un des petits tabourets en bois – les seuls sièges dont la famille disposait – près de la case, de manière à ne pas perdre Alfredo de vue.

Elle posa la main sur son ventre.

La boule était toujours là. Pour chasser son angoisse, elle chercha à penser à quelque chose d'agréable, mais c'était difficile. Malgré elle, des images de l'hôpital où elle avait passé près d'un an après l'accident, lui revinrent à l'esprit.

Ils étaient nombreux dans la salle, souvent plus nombreux que les lits, et il n'était pas rare que deux personnes soient obligées d'en partager un. Chaque espace libre était utilisé, que ce soit entre les lits ou en dessous. Des gens étaient couchés sur des nattes à même le sol. Certains étaient gravement malades et les décès étaient fréquents. Pendant longtemps, le lit voisin de celui de Sofia avait été occupé par un jeune homme qui avait été brûlé lors de l'incendie de sa maison. Il ne parlait pas et ne recevait jamais de visites. Et soudain il était mort, un après-midi peu avant le dîner. Dès le lendemain, il avait été remplacé par une fille, transportée sur un brancard. Au début, elle n'avait fait que dormir, mais après quelques jours, les deux filles avaient fait connaissance. Sofia avait raconté son histoire à Deolinda. Elle avait même retiré le drap pour montrer ses moignons entourés de bandes.

Quand Sofia avait voulu connaître les raisons de l'hospitalisation de Deolinda, elle avait eu une réponse surprenante :

— C'est parce que je vais mourir.

Deolinda l'avait dit avec un petit sourire qui semblait venir de très loin. Sofia n'avait jamais vu quelqu'un sourire comme ça. Elle avait toujours pensé qu'un mourant manifestait ses sentiments par des cris et des pleurs, mais Deolinda lui avait fait comprendre que, si près de la mort, il était encore possible de sourire. Même quand on n'avait que dix-neuf ans, comme elle.

Sofia nota que madame Mukulela avait arrêté de chanter.

De l'autre côté de la route lui parvinrent les éclats de voix d'une femme qui reprochait à son mari d'être paresseux.

Ses pensées la ramenèrent de nouveau à l'hôpital.

Deolinda avait expliqué pourquoi elle allait mourir. Elle souffrait d'une maladie dont Sofia n'avait jamais entendu parler et qui était due à un virus. Une fois que ce virus avait réussi à s'introduire dans le corps, il était impossible de s'en débarrasser. On pouvait continuer à vivre un certain temps, mais la mort finissait toujours par vous rattraper.

Deolinda avait également expliqué comment elle avait été contaminée. Sofia se souvenait encore avoir rougi en l'écoutant. Jamais quelqu'un ne lui avait parlé aussi ouvertement de ce qui, en général, se dit en secret : ce que font un homme et une femme dans le noir. Deolinda s'était exprimée très clairement. Elle avait rencontré un garçon qui lui avait beaucoup plu et ils avaient couché ensemble. Leur relation avait continué. Au bout d'un an, il était tombé malade. Son état s'était vite aggravé. Il avait perdu l'appétit, il avait maigri, son corps s'était couvert de boutons, il avait perdu ses cheveux et, finalement, il n'avait plus eu la force de se lever. Quelques mois plus tard, il était mort. Le médecin qui s'était occupé de lui, avait convoqué Deolinda pour une prise de sang. Au bout de quelques jours, il l'avait fait revenir pour lui annoncer qu'elle était atteinte de la même maladie que son ami. On peut être porteur de cette maladie pendant plusieurs années sans le savoir, lui avait-il expliqué. Il est impossible de voir qu'une personne a été contaminée, parce qu'il n'y a aucun signe extérieur. La transmission se fait de différentes manières, mais essentiellement par les rapports sexuels. Par contre, ce n'est pas contagieux de se toucher, ni de s'embrasser.

Sofia se souvenait de chaque mot que Deolinda avait prononcé.

— C'est pour ça que je vais mourir, avait-elle conclu. Je l'aimais. Il n'a pas voulu me contaminer. Personne n'est responsable de ma mort. Je veux continuer à vivre. Et pourtant, je vais mourir.

De sa place à l'ombre de la case, Sofia regarda Alfredo.

Un chien errait sur la route. Le soleil qui était maintenant haut dans le ciel, caressait la peau de Sofia de ses rayons vibrants de chaleur.

« Ça ne peut pas être vrai, pensa-t-elle, en se donnant un coup de poing dans le ventre comme pour chasser l'angoisse. Rosa ne peut pas avoir attrapé la même maladie que Deolinda. Je ne veux pas perdre encore une sœur. Dans quelques jours, elle sera de nouveau sur pied. Je me fais peur pour rien. Rosa a seulement besoin de repos. Lydia a raison. Elle sort trop le soir. »

En repassant sa main sur son ventre, Sofia constata que la boule avait diminué.

Elle se leva, attrapa la binette et se mit à marcher vers le champ. Alfredo continuait à dessiner dans le sable. Il pouvait rester ainsi à rêvasser pendant des heures.

Au moment de soulever la binette, Sofia vit quelqu'un s'approcher sur la route. Le soleil était très fort et elle se protégea les yeux avec la main pour mieux voir. C'était un jeune homme, mais elle ne le connaissait pas. Elle ne l'avait jamais vu.

Il s'arrêta en voyant Sofia et lui fit un grand sourire.

Elle sursauta, comme frappée par son regard.

Pour la deuxième fois ce jour-là, la binette de Rosa tomba sur le sol.

Chapitre 4

Sait-on à l'avance qu'un événement inoubliable va se produire ? C'était une question que Sofia allait se poser de nombreuses fois, sans réussir à y apporter de réponse. Elle s'était trouvée là, la binette à la main, et elle avait jeté un regard sur la route. Par hasard. Elle avait vu un garçon. C'est tout ce qui s'était passé. Mais elle avait vécu un instant magique bien que son cœur soit rempli d'inquiétude pour Rosa.

Maman Lydia lui avait déjà parlé de ce genre de moments exceptionnels qui arrivent généralement quand on s'y attend le moins. Elle avait même donné un exemple :

Un jour, alors que Sofia était encore toute

petite, Lydia s'était retrouvée sans rien à manger. Cette année-là, la pluie s'était réduite à quelques rares gouttes isolées. Il n'y avait pas eu de récolte à cause de la sécheresse. La réserve de farine de maïs et de riz était épuisée. Elle n'avait donc plus rien eu à donner à ses enfants.

Assise devant le feu, Lydia avait raconté comment son désespoir l'avait poussée à quitter la maison pour aller mendier en ville. Mais sur le chemin, elle avait trouvé un gros billet de banque.

— Personne ne l'avait perdu, expliqua-t-elle. Quelqu'un l'avait posé là pour que je le trouve.

Sofia savait que ces moments extraordinaires existaient réellement.

Elle en avait elle-même vécu et elle n'avait pas besoin d'entendre sa mère en parler pour en être convaincue.

Le plus beau de tous, c'était quand Maria était venue lui rendre visite pour la première fois. Elle savait que cela s'était passé dans son imagination et elle s'était étonnée de voir et d'entendre sa sœur avec autant de netteté. Elle lui avait parlé comme si elle se trouvait réellement devant elle. Puis, elle l'avait vue disparaître dans le soleil.

L'événement étrange que Sofia avait pressenti ce matin-là en se réveillant devait, en fait, correspondre à l'arrivée du garçon. Rosa n'était donc pas concernée. Son état n'était pas dû à une terrible maladie mais à un simple coup de fatigue. Le lendemain, la fièvre aurait disparu et Rosa irait de nouveau travailler dans le champ avec toute l'énergie dont elle était capable. Elle lèverait la binette au-dessus de sa tête, sans la perdre cette fois, et le champ serait vite désherbé.

Le garçon s'arrêta sur la route. Il avait forcément remarqué que Sofia avait du mal à marcher, mais elle se dépêcha tout de même de dissimuler une de ses béquilles derrière son dos pour lui faire croire qu'elle n'en avait besoin que d'une seule. Puis, d'un coup d'œil, elle vérifia que son vêtement recouvrait entièrement ses jambes et ne laissait apparaître que les chaussures. C'était très important.

Le garçon s'approcha d'elle mais sans enjamber les petits buissons qui délimitaient leur terrain.

— Tu pourrais peut-être m'aider, dit-il.

Sofia se rappela la leçon de Rosa : si un garçon t'adresse la parole, garde tes distances. Ne parle pas plus que nécessaire. Ne dis rien d'inutile.

— À faire quoi?

— Je cherche mon oncle. Il s'appelle Lukas Macassa. On m'a dit qu'il habite par ici.

Sofia réfléchit. Non, elle n'avait jamais entendu parler de quelqu'un de ce nom-là. D'après les consignes de Rosa, elle devait maintenant se contenter de répondre qu'elle ne le connaissait pas, mais elle avait envie de bavarder un peu. Et cela d'autant plus qu'elle s'était aperçue que madame Mukulela les observait de derrière un bananier.

— Qu'est-ce qu'il fait?

— Avant il était boulanger, mais je ne sais pas ce qu'il fait maintenant.

— Il n'y a pas de boulangerie ici.

Le garçon hésita.

En voulant ajuster son chemisier, Sofia remarqua qu'il était taché. Elle espérait que cela ne se voyait pas.

— Je suis sûr que c'est ici qu'il habite, insista le garçon. Ce village s'appelle bien Mebena?

— Comment pourrait-il s'appeler autrement? Sofia était contente de sa réplique. Rosa lui avait appris que c'est très bien de répondre par une question. Cela montre qu'on a du caractère.

— Je n'en sais rien. Mais si je suis bien à Mebena, c'est ici qu'il habite.

Sofia ne voulait pas qu'il s'en aille déjà, pourtant il n'y avait plus grand-chose à ajouter. Elle ne pouvait tout de même pas mentir et lui montrer le chemin d'une case qui n'existait pas. À moins que…

Comme Rosa ne lui avait jamais fait de recommandations à ce sujet, elle dit soudain, sans réfléchir :

— Tout compte fait, il me semble que j'ai entendu parler de quelqu'un qui s'appelle Macassa. Il habiterait à l'autre bout du village.

De la tête, elle indiqua la vallée où s'alignaient de nombreuses cases.

— Si tu ne le trouves pas, tu n'as qu'à revenir, poursuivit-elle.

Le garçon acquiesça et s'en alla.

Sofia le suivit du regard. Il avait à peu près l'âge de Rosa. Il était grand, mince et avait les cheveux courts. Après l'avoir regardé disparaître en bas de la côte, elle retourna auprès d'Alfredo qui était entièrement absorbé par les personnages qu'il dessinait dans le sable. Il les effaçait et les retraçait en leur donnant des aspects différents. Sofia se pencha en avant, ferma les yeux et lui caressa la tête. Alfredo avait les cheveux courts, lui aussi. Lydia les lui coupait régulièrement pour éviter qu'il n'attrape des poux.

Sofia regagna le champ et ramassa la binette qu'elle avait laissée tomber.

Sans vouloir pousser la réflexion trop loin, elle se dit que le malaise de Rosa n'avait pas que des inconvénients. Si elle avait travaillé ce jour-là, le jeune homme n'aurait eu d'yeux que pour elle et il n'aurait jamais fait attention à Sofia.

« C'est seulement quand je suis seule que je suis la plus belle, songea-t-elle. Et ce n'est que justice que Rosa me laisse parfois sa place. »

Elle chassa aussitôt ces pensées de sa tête.

Rosa était malade et Sofia ne devait pas se permettre ce genre de considération.

Elle reprit son travail.

Comme elle avait besoin de ses deux mains pour tenir la binette, elle avait du mal à garder l'équilibre et elle fut bientôt trempée de sueur.

Madame Mukulela écoutait son poste de radio. Il diffusait plus de grésillements que de musique. Elle l'avait branché sur une vieille batterie de voiture, et une fois par semaine, elle se rendait à la pompe à essence, située près du fleuve, pour la faire recharger. Elle faisait l'aller-retour à pied en transportant la batterie dans sa brouette, ce qui lui demandait une journée entière.

La terre était sèche.

Chaque coup de binette soulevait un nuage de poussière et des cailloux. De temps en temps, Sofia s'arrêtait pour souffler et elle en profitait pour jeter un regard vers le village dans la vallée. Reviendrait-il ? Elle ne pouvait pas le savoir, mais elle l'espérait.

Tout en travaillant, elle chercha un nom qui pourrait convenir au jeune homme. Raul, peut-être. Ce n'était pas mal. Un des médecins qui s'étaient occupés d'elle à l'hôpital s'appelait comme ça. Mais cela voulait dire que ce prénom était déjà pris. Elle en imagina d'autres. Jorge, Abiliou, Rogerio, Bento, Nicolaus, Elliot… mais aucun ne lui allait. Elle se redressa de nouveau et s'essuya le front. Il n'en existait pas d'assez beau pour lui. Il fallait donc en inventer un.

Ce soir, la lune serait pleine. Ses contours blancs se devinaient dans le ciel. « Le Garçon de la lune », pensa-t-elle. Voilà comment je vais l'appeler. « *A Mupfana wa N'wheti**. » Le jeune homme était sorti du soleil mais il venait, en

* « Garçon de la lune » en ronga (langue locale).

fait, de la lune. Cette pensée la fit rire. Presque rougir. Elle voulait en parler avec Rosa, qui, elle en était sûre, allait comprendre ce qu'elle ressentait. En revanche, elle n'était pas sûre du tout que sa sœur accepte de laisser le jeune homme tranquille, si jamais il revenait. Sofia décida que « le Garçon de la lune » ferait partie des secrets qu'elle ne partagerait avec personne. Même pas avec Rosa.

Une heure plus tard, elle reposa la binette et alla se désaltérer dans la remise qui leur servait de cuisine. Alfredo arrêta de dessiner, se tourna vers elle et réclama quelque chose à manger. Sofia lui donna une orange et un bout de pain. Elle-même n'avait pas faim. En fait si, elle avait bien un petit creux mais elle avait décidé de faire un régime depuis qu'elle avait constaté qu'elle avait pris du poids. Elle n'avait pas envie d'avoir un derrière et des seins aussi gros que madame Mukulela. Du moins pas encore, pas avant de nombreuses années.

Elle entra dans la case et retira le rideau accroché devant l'ouverture de sa chambre. Rosa dormait toujours, la bouche ouverte. Sa respiration était rapide. Sofia s'avança tout doucement jusqu'au lit et posa sa main sur le front de sa sœur. Il était un peu plus frais que tout à l'heure.

«Ce n'est donc pas grave, se dit-elle. Je me suis inquiétée pour rien.»

En sortant de la pièce, elle remarqua par terre la pochette en plastique de Rosa qui contenait ses peignes et toutes ses crèmes. La tentation fut trop forte. Elle l'attrapa avec une de ses cannes et l'emporta dans la pièce d'à côté. Elle sortit la pommade qui donnait tant d'éclat au visage de Rosa, et s'installa sur un tabouret. Un délicieux parfum subtil et mystérieux s'en dégagea quand elle se l'appliqua sur la peau. Puis, elle remit soigneusement la boîte dans la pochette pour que Rosa ne s'aperçoive de rien.

Le soleil se trouvait encore haut dans le ciel, quand Sofia sortit dans la cour.

Madame Mukulela avait fermé son poste de radio et ronflait bruyamment dans sa case. Elle faisait la sieste tous les jours, toujours à la même heure, à la minute près. Sofia aurait pu régler sa montre sur elle… si elle en avait eu une.

En voyant sa peau briller dans le morceau de miroir, elle oublia ses jambes pendant un court instant et se sentit presque aussi belle que Rosa.

Elle jeta à nouveau un regard vers la route

dans l'espoir de revoir le jeune homme, mais elle n'y vit que deux femmes vêtues de noir qui portaient de gros fagots sur la tête.

Cela la rendit triste. C'était stupide de sa part. Il fallait se rendre à l'évidence, le jeune homme était passé par le village sans intention de revenir. C'était un pur hasard s'il s'était adressé à elle pour se renseigner au sujet de la case de son oncle. Une fois parti, il l'avait aussitôt oubliée.

La journée avança.

Madame Mukulela avait terminé sa sieste et se trouvait maintenant dans la cour en train de rafraîchir son corps volumineux avec de l'eau. Elle ressemblait à un éléphant. Quand Sofia était à l'hôpital à attendre qu'on lui fabrique ses prothèses, elle avait passé de nombreuses soirées devant un vieux téléviseur en noir et blanc. Un jour, elle avait vu un film où des éléphants s'aspergeaient à un point d'eau. Exactement comme madame Mukulela.

Elle joua un moment avec Alfredo, puis se mit à préparer le dîner. Quand sa mère revint le soir, le feu était déjà allumé et les épis de maïs étaient en train de tremper. Faustino dormait, attaché dans le dos de Lydia qui était exténuée. Elle jeta un regard autour d'elle.

— Où est Rosa ?

— Elle est malade.

— Elle a mal où ?

Lydia se faisait toujours du mauvais sang quand un de ses enfants avait un problème de santé. Sofia comprenait très bien sa réaction. Il ne fallait pas qu'il arrive quelque chose à ceux qui lui restaient !

— Elle est encore un peu fiévreuse, répondit-elle, mais moins que ce matin.

Lydia entra dans la case et revint rapidement.

— Elle n'a pratiquement plus de fièvre, dit-elle. Rosa sort trop le soir. C'est pour ça qu'elle est si fatiguée.

Rosa n'avait pas faim et préféra rester se reposer pendant que les autres prenaient le repas du soir.

Comme Lydia était fatiguée après sa longue journée dans la *machamba*, ils allèrent tous au lit de bonne heure. Sofia savait qu'elle n'irait pas à l'école le lendemain non plus.

Le clair de lune pénétra dans la chambre par une petite ouverture dans le mur.

Sofia, couchée à côté de Rosa, laissa vagabonder ses pensées. Le Garçon de la lune n'était pas revenu. Peut-être avait-il fini par retrouver la case de son oncle.

Progressivement, elle sentit le sommeil l'envahir.

Elle posa sa main sur son ventre et constata que la boule qui s'y était formée lorsqu'elle avait vu Rosa s'effondrer par terre avait presque disparu.

Mais pas entièrement.

Il y avait toujours un petit point douloureux.

Brusquement, elle se redressa dans son lit.

Quelque chose l'avait tirée de sa torpeur. Elle tendit l'oreille. Le silence nocturne n'était troublé que par la stridulation des sauterelles.

La lune baignait la chambre de sa clarté.

Sofia agit dans un état second.

Elle s'assit sur le bord du lit, attacha ses prothèses, puis, elle s'enveloppa d'un tissu. Elle attrapa ses cannes et, sans faire de bruit, traversa la chambre où dormaient Lydia et ses frères. Avec une infinie précaution, elle poussa la porte restée entrouverte, craignant à chaque instant que Lydia ne se réveille. En sortant dans la cour, elle découvrit une lueur bleutée et brumeuse que la lune répandait sur les cases. Elle eut l'impression de pénétrer dans un autre monde, un univers qui n'était pas noir comme la nuit mais bleu.

C'est alors qu'elle le vit.

Là, immobile sur la route.

Il n'y avait aucun doute, c'était bien lui.

Le Garçon de la lune était revenu.

Chapitre 5

La lumière avait changé.

Elle paraissait plus intense et encore plus bleue que tout à l'heure.

Sofia s'arrêta. Elle ne voyait pas le visage du garçon mais il semblait être immobile, lui aussi. Son cœur battait fort comme si elle avait un petit percussionniste dans sa poitrine.

Elle resta sans bouger.

« Je rêve, se dit-elle. Ce n'est pas possible que tout cela soit réel. »

Elle serra fort la béquille dans sa main pour vérifier qu'elle était toujours aussi épaisse. Quand on rêve, les objets que l'on touche deviennent généralement fins comme de la soie. Ils n'offrent plus aucune résistance. Or la béquille était bien solide. Sofia la sentait entre ses doigts. Cela voulait donc dire qu'elle se trouvait réellement devant sa maison, en pleine nuit.

Le garçon avança de quelques pas sans faire de bruit.

On aurait dit qu'il ne touchait pas le sol. Sofia s'éloigna de la porte de peur que Lydia ne se réveille. Personne n'avait le sommeil aussi léger qu'elle, ni le regard aussi perçant. C'était d'ailleurs étonnant qu'elle n'ait pas entendu Sofia traverser sa chambre. Peut-être s'était-elle réveillée, après tout. Peut-être avait-elle cru que Sofia s'était levée pour aller faire pipi.

Le garçon avait maintenant quitté la route mais il s'immobilisa à nouveau, cette fois-ci à côté d'un des bananiers de Lydia.

Son visage était toujours difficile à discerner, mais après s'être approchée un peu, Sofia put constater qu'il s'agissait bien du même garçon que ce matin. Elle s'arrêta et se pencha en avant pour vérifier que le tissu cachait ses jambes. C'était important qu'elles soient couvertes, même si la lueur de la lune n'était pas forte.

À présent, ils étaient très près l'un de l'autre. Le garçon la regarda et lui fit un sourire.

— Je ne pensais pas que ce soit possible, dit-il tout bas.

Sofia n'avait jamais entendu une voix aussi belle. C'était une voix faite pour chanter.

«Je suis stupide! pensa-t-elle, il parle comme tout le monde. Si je continue à faire attention à la beauté de sa voix, je vais rougir et ça se verra, même s'il ne fait pas très clair.»

Elle s'apprêtait à répondre quand elle réalisa subitement qu'il fallait qu'elle avance encore un peu si elle voulait éviter que Lydia ne les entende.

Gênée par ses béquilles, elle trébucha et tomba. On aurait pu croire qu'elle s'était jetée à ses pieds.

Cela la remplit de honte et elle n'eut qu'une envie : se cacher dans sa maison, se réfugier dans son sommeil. Elle haïssait ses jambes qui n'étaient pas capables de la maintenir debout. Elle voulait briser ses béquilles et les jeter au loin. Si un jour elle devait de nouveau sortir de chez elle, elle le ferait en rampant.

Il la saisit par le bras.

— Ça va? s'inquiéta-t-il.

Sofia ne répondit pas.

Le garçon l'aida à se relever. Elle sentit l'odeur de son corps : un mélange de sueur et de savon. C'était agréable. Une odeur un peu âcre mais en même temps chaude.

« Il se lave avec un savon de la lune », se dit-elle, mais elle s'interrompit aussitôt. Elle était vraiment ridicule.

Il ramassa une de ses béquilles et la lui tendit.

« Ça n'a plus aucune importance, pensa-t-elle. Plus rien n'a d'importance. Il va forcément s'en aller, maintenant qu'il m'a vue telle que je suis. »

Les yeux pleins de larmes, elle se pencha en avant pour nettoyer son vêtement. Elle frappa, en fait, ses jambes avec ses mains, comme pour les punir.

« Il aurait mieux valu que ce soit Rosa qui ait fait cette rencontre, songea-t-elle. Moi, je ne suis pas à la hauteur. »

— Tu t'es fait mal ? demanda-t-il.

Sofia ne répondit pas. Elle se redressa mais garda les yeux fermés pour éviter de croiser son regard.

— Ça va ? Tu ne t'es pas fait mal ?

« Il m'agace d'insister comme ça », pensa Sofia.

Soudain, elle le trouva énervant. Ce n'était pas parce qu'il était sorti de la lune qu'il avait le droit de dire n'importe quoi.

— Je n'ai pas retrouvé mon oncle, reprit-il. Je sais qu'il habite par ici. Dans une case qui a une fenêtre près du sol.

Sofia ne put s'empêcher de le regarder.

— Une fenêtre près du sol ? Pourquoi ?

— Mon oncle est un homme étrange. Il aime bien se coucher par terre pour regarder les gens.

— Pour quelle raison ?

— Il prétend qu'il les observe mieux s'il s'aplatit comme une grenouille.

Sofia prit un air interrogateur. Elle avait maintenant totalement oublié l'incident qui venait de se produire.

— Pourquoi une grenouille ?

— Je n'en sais rien. Il a toujours été un peu étrange.

La conversation s'interrompit. Ils ne savaient plus quoi se dire.

Le garçon tourna la tête et Sofia eut un aperçu de son visage éclairé par la lune. Elle remarqua une petite cicatrice juste sous son œil.

— C'est un oiseau, dit-il.

Sofia le regarda déconcertée.

— J'ai été blessé par un oiseau, expliqua-t-il. C'était quand j'étais petit, mais je m'en souviens encore très bien. Il était blanc et avait le bec jaune. Son comportement n'était pas normal. Peut-être avait-il heurté un arbre ou s'était-il cogné dans quelque chose. Il est arrivé droit sur moi. Son bec m'a percé la peau.

— Et après ?

— Il est tombé par terre, mort.

Sofia s'étonna de ce qu'elle entendait et se demanda si l'histoire était vraie ou s'il avait tout inventé. Il n'est pas impossible que les garçons qui viennent de la lune aient leur manière à eux d'expliquer les choses.

— Qu'est-ce que tu fais ici en pleine nuit ? demanda-t-elle.

— J'avais l'intention de m'en aller. Puis, je me suis dit que tu allais peut-être m'entendre si je m'arrêtais.

Elle ne comprit pas le sens de son propos.

Comment aurait-elle pu entendre quelqu'un qui marchait sans faire de bruit ? Et surtout, comment aurait-elle pu entendre qu'un bruit qui ne s'entendait pas cesse ?

Elle regarda les pieds du garçon.

Il n'avait pas de chaussures et les jambes de son pantalon n'étaient pas de la même longueur. Sofia n'aurait jamais raccourci un pantalon avec autant de maladresse.

Peut-être avait-il raison, malgré tout.

Quelque chose l'avait tirée de son sommeil. Un bruit qu'elle aurait perçu mais dont elle ne se souvenait plus ?

Elle se rappela la première réplique du garçon : « *Je ne pensais pas que ce soit possible.* »

— Que voulais-tu dire par là ? Qu'est-ce qui n'était pas possible ?

— Que tu m'aies entendu.

Sofia rougit.

Elle ne put s'en empêcher et cela la rendit furieuse. Ça se voyait peut-être encore plus à la lueur de la lune qu'à la lumière du soleil.

Pour l'instant, la lune n'était pas son amie. D'ailleurs, rien ni personne ne l'était.

— Comment t'appelles-tu ? demanda le garçon.

Sa première réaction fut de lui dire qu'elle s'appelait Rosa. Ainsi, s'il revenait le lendemain, elle demanderait à Rosa de s'en occuper. D'ici là, sa fièvre aurait sans doute disparu. Dès qu'il aurait vu sa jolie sœur, il aurait vite fait d'oublier la malheureuse fille qui s'était pris ses fausses jambes dans ses béquilles. Cela avait été tellement gênant que même le clair de lune en avait rougi.

— Sofia, répondit-elle. Et toi ?

— Je ne sais pas.

« Il est fou, pensa Sofia. Personne n'ignore son nom. »

— J'en change souvent, poursuivit-il, et aujourd'hui j'ai du mal à en choisir un.

— Mais tu dois tout de même en avoir un vrai.

— Tous mes noms sont vrais, mais j'aime bien changer. On ne mange pas la même chose tous les jours. On ne porte pas toujours les mêmes vêtements. Pourquoi ne changerait-on pas de nom ?

Sofia commença à se demander s'il ne fallait pas se méfier de ce garçon.

Lydia lui avait recommandé d'être prudente si elle rencontrait des gens au comportement étrange. On ne pouvait pas prévoir leurs réactions.

— Donne-moi un nom, dit le garçon. Je me sens tout nu ici au clair de la lune sans nom.

Sofia écarquilla les yeux. Qu'était-il en train de lui dire ? Tout nu ?

L'idée qu'il était là, devant elle, sans vêtements, lui fit baisser le regard.

— Sergio, fit-elle.

— Sergio ? Mais pourquoi ?

Sofia n'avait pas envie de lui expliquer son choix. Quand elles étaient petites, Maria et elle avaient eu un ami qui s'appelait Sergio. Il était mort de paludisme alors qu'il n'avait que huit ans. Sa mère avait passé de nombreuses soirées avec Lydia à pleurer sa disparition.

Sofia se souvenait qu'une force comparable à celle des vagues qui se fracassent contre les rochers s'était dégagée de Lydia et de la mère de Sergio en pleurs.

Leurs visages portaient les traces ineffaçables de chaque enfant qu'elles avaient perdu.

Le sillon que la mort de Maria avait creusé dans le front de Lydia, était plus profond que tous les autres.

Mais Sofia ne lui dit rien de tout cela.

Elle se contenta de lui dire que c'était parce que Sergio était un joli nom.

Le garçon éclata de rire.

Aux oreilles de Sofia, son rire ressemblait à des gouttes d'eau qui rebondissaient contre un toit. Elle ne savait pas pourquoi, mais c'était ainsi : le rire du Garçon de la lune lui faisait penser à des gouttes d'eau.

— Maintenant, je n'ai plus besoin d'avoir peur, puisque j'ai un nom.

Sofia ne savait pas pourquoi il aurait peur.

Du moins pas à ce moment-là.

Soudain elle sursauta.

Quelqu'un venait d'ouvrir la porte. D'abord, elle crut que c'était Lydia qui les avait entendus parler. Puis elle aperçut Rosa qui s'éloigna légèrement de la case pour s'accroupir et faire pipi.

Sofia se retourna.

Le garçon n'était plus là. La route était vide. Sofia ne comprenait pas comment il avait pu s'en aller aussi vite. Elle leva la tête vers le ciel. La lune avait également disparu.

Rosa découvrit Sofia.

— Que fais-tu là ? s'étonna-t-elle.

— Je ne pouvais pas dormir. Et toi, tu te sens mieux ?

Rosa fit oui de la tête, mais Sofia remarqua qu'elle tremblait.

— Je ne comprends pas ce qui m'arrive, ajouta Rosa.

Sofia sentit la boule d'angoisse grossir dans son ventre.

À nouveau, elle jeta un regard vers la route.

Il n'y avait aucune trace du Garçon de la lune.

Chapitre 6

Le lendemain matin, Rosa allait beaucoup mieux.

Elle n'avait plus de fièvre. Son front était frais. Elle se leva normalement malgré une fatigue persistante et bien qu'elle n'ait toujours pas retrouvé son appétit. Sofia l'observa en cachette. La boule dans son ventre avait diminué, mais elle était encore là.

Rosa fit sa toilette aussi soigneusement que d'habitude. Elle pouvait passer des heures devant la glace à s'enduire de crèmes et à s'arranger les cheveux. Son comportement n'était pas différent ce jour-là. Cela était bon signe aux yeux de Sofia. Tant que Rosa s'occupait de son apparence, il n'y avait pas lieu de s'inquiéter.

Une petite dispute éclata au moment où Lydia attachait Faustino dans son dos pour partir à la *machamba*. Elle voulait que sa fille se rende au dispensaire situé sur la route de Boane, à quatre kilomètres du village, mais Rosa refusa.

— Tu étais malade hier, fit remarquer Lydia sèchement, ce serait raisonnable que tu te fasses examiner. Pour éviter que ça recommence.

— Ce n'est pas la peine.

— Et pourquoi ?

— Aujourd'hui tout va bien.

Sofia suivit leur conversation tout en faisant sa toilette. L'agacement de Lydia était évident, mais Rosa persista dans son refus.

— Et si tu rechutes demain ? insista Lydia.

— Ça ne m'arrivera pas.

— Comment peux-tu en être aussi sûre ?

La conversation tournait en rond. L'irritation de Lydia ressemblait à la braise qui couve sans avoir la force de s'embraser. Résignée, elle partit pour la *machamba*, sa binette à la main et Faustino dans le dos.

— Merci d'avoir désherbé à ma place, dit Rosa qui s'était assise à l'abri du soleil.

— Ce n'est pas forcément à toi de le faire. C'est à nous. Et comme tu étais malade...

— Merci quand même.

Sofia se tenait debout devant sa sœur, son coude appuyé sur sa béquille.

— Qu'est-ce que tu faisais cette nuit ? demanda Rosa. Tu parlais avec quelqu'un.

— Avec qui ? dit Sofia faussement étonnée.

— Je ne sais pas, c'est pour ça que je te pose la question.

Sofia faillit raconter ce qui s'était passé, mais elle se ravisa en se disant que Rosa était en fait responsable du départ du garçon. Il était parti quand elle était arrivée. On ne pouvait pourtant pas lui faire de reproches. Elle avait bien le droit d'aller faire pipi…

De toute façon, visiblement, Rosa ne s'intéressait pas à la réponse. Sans l'attendre, elle se leva tout en s'étirant.

— Je vais à la boutique, annonça-t-elle. Hassan a peut-être reçu des magazines et j'ai envie d'aller y jeter un coup d'œil.

Le commerce de Hassan se trouvait après l'école, à côté de la ruine de la « Maison du Soldat ». Sofia ne connaissait pas le soldat en question pour la simple raison qu'il était mort bien avant sa naissance. Selon Lydia, il avait fait preuve de beaucoup de courage pendant la guerre contre les Portugais et cela l'avait rendu célèbre. Une fois l'ennemi parti, il s'était construit une maison dans le village. Il n'avait cependant jamais vraiment réalisé que la guerre était finie. Il lui arrivait de rêver qu'il était encerclé par des soldats et, à plusieurs reprises, il s'était mis à tirer de façon incontrôlée. Une nuit, une balle avait traversé le mur d'une case voisine et avait touché le pied d'un homme endormi. Les villageois étaient allés se plaindre auprès du vieux Cossa, le chef du village. Quelques semaines plus tard, le soldat, furieux, avait décidé de s'en aller mais seulement après avoir démoli sa maison pour que personne d'autre ne puisse l'habiter. Il avait aussi prononcé une malédiction sur le lieu. Et bien que la proximité de la route rende l'emplacement attrayant, personne n'avait jamais osé s'y installer.

Personne à part Hassan.

Hassan était à moitié indien et se fichait pas mal du sort jeté par le vieux soldat noir. En réalité, il n'avait pas grand-chose d'indien. Rosa l'avait entendu dire que le sang qui coulait dans ses veines était arabe, grec, indien, africain, allemand, américain, turc et russe, ce qui expliquait la complexité de sa personnalité. Mais sa peau était dorée, comme celle de beaucoup de commerçants indiens. Sa boutique, à côté de la ruine, était devenue un lieu de rencontre, surtout pour les jeunes. De nombreuses fois, Rosa avait essayé d'y emmener sa petite sœur, mais ses tentatives étaient restées vaines. Sofia avait peur que ses béquilles et ses jambes en plastique attirent les regards et empêchent les gens de s'intéresser à elle. Une autre raison était que les jeunes aimaient bien profiter de la radio de Hassan pour danser et Sofia était incapable de faire comme eux.

C'était son plus gros chagrin.

Elle savait que cela lui était impossible, à tout jamais. Elle ne pouvait pas s'empêcher de penser que, privée de la danse, sa vie n'avait plus beaucoup d'intérêt.

Lydia n'aimait pas que Rosa fréquente cet endroit.

Elle avait entendu dire qu'il se passait de drôles de choses dans l'obscurité derrière la boutique. Mais Rosa ne faisait pas attention aux inquiétudes de sa mère. Il n'y avait pas que les garçons qui l'attiraient, les magazines, que Hassan recevait d'un cousin en ville, exerçaient sur elle un pouvoir semblable. Le fait qu'ils soient souvent vieux de plusieurs années n'avait aucune importance. C'étaient les images qui intéressaient Rosa. Les photos de gens bien habillés la fascinaient. En général, on n'y voyait que des Blancs, mais cela ne la dérangeait pas. Elle se savait belle. Le reste lui importait peu.

Rosa retourna dans la case.

Elle revint, un des châles de Sofia posé sur les épaules.

— Tu me le prêtes ?

Sofia fit oui de la tête.

Elle aimait bien que Rosa lui emprunte ses affaires parce qu'elle avait ainsi l'impression de participer un peu aux rencontres des jeunes devant la boutique de Hassan.

Rosa s'en alla.

Sofia se retrouva seule avec Alfredo. La journée lui parut soudain très longue. Elle aurait préféré aller à l'école, mais elle ne pouvait pas y retourner avant lundi. Encore trois jours à attendre. Comment allait-elle occuper son temps ? À faire la lessive ? Non, Lydia avait tout lavé samedi dernier et il n'y avait pas encore assez de linge sale. Le ménage ? Rosa avait nettoyé la maison juste avant de tomber malade. Elle jeta un regard autour d'elle et éclata de rire en voyant madame Mukulela qui était en train de raccommoder un de ses énormes soutiens-gorge. Il faisait penser à deux paniers blancs reliés par un ruban. Monsieur Temba, lui, était parti vendre les siens sur le marché.

Elle repensa au garçon qu'elle avait vu sur la route.

Elle lui avait proposé un nom, Sergio, et il était parti avec. « Mais ce n'est qu'un emprunt, se dit-elle, et il faut toujours rendre ce que l'on emprunte. Même s'il ne s'agit que d'un nom. »

La journée avança. Lydia revint. Exténuée.

— Où est Rosa, demanda-t-elle ? Est-elle allée au dispensaire ?

— Je ne sais pas.

Elle ne disait pas tout à fait la vérité, mais ce n'était pas un mensonge non plus. Après tout, elle n'était pas sûre que Rosa soit allée à la boutique de Hassan.

Lydia semblait lire dans ses pensées.

— Tu ne veux pas me répondre, constata-t-elle. Ça veut dire que Rosa est allée regarder les magazines qui lui montent la tête.

Elles se mirent à préparer le repas du soir.

À l'heure du dîner, Rosa n'était toujours pas rentrée.

— Tout le monde parle de cette maladie, dit soudain Lydia. J'ai peur pour Rosa. J'ai peur à cause de la vie qu'elle mène.

— Moi aussi j'ai peur, répondit Sofia.

Lydia s'était accroupie par terre, tenant Faustino à moitié endormi dans ses bras.

— Tout le monde parle de cette maladie, mais personne ne sait rien sur elle, reprit-elle. Toi qui vas à l'école, tu devrais savoir quelque chose. On t'en a forcément parlé.

Non, on ne lui en avait jamais rien dit. Sofia se rendit tout à coup compte de ce que cette constatation avait d'étrange. Ce qu'elle savait, elle l'avait appris à l'hôpital. Par Deolinda, sa voisine de chambre qu'elle avait trouvée morte un matin dans son lit.

Lydia écouta attentivement ce que Sofia lui raconta.

Mais ce n'était pas facile de parler avec sa mère de sujets que, généralement, elles n'abordaient pas entre elles. Sofia s'efforça néanmoins de lui expliquer les risques que couraient un homme et une femme quand ils étaient ensemble. Lydia l'écouta jusqu'au bout sans l'interrompre, puis elle poussa un soupir et secoua la tête.

— Il faut que ça cesse. Il faut qu'elle arrête de sortir le soir.

Faustino et Alfredo dormaient.

Monsieur Temba, qui était revenu du marché, se reposait devant sa case. Il chantonnait. Cela signifiait qu'il avait vendu beaucoup de paniers et qu'il avait pu se payer une bouteille de vin. Lydia lui ordonnait généralement de se taire quand ses chansons devenaient trop grossières, mais ce soir-là, elle ne semblait pas l'entendre.

Le feu était en train de s'éteindre lorsque Rosa apparut.

Lydia somnolait mais elle se réveilla immédiatement et se mit à la houspiller. Sofia n'avait pas envie d'assister à la scène. Elle savait déjà ce qui allait se dire. Habituellement, elle soutenait Rosa, mais cette fois-ci, ce que Lydia avait sur le cœur était important : il fallait que Rosa arrête de sortir le soir et il fallait qu'elle soit plus raisonnable dans le choix de ses amis. Une maladie sournoise guettait dans l'obscurité, prête à frapper à tout moment et sans discernement.

Sofia partit marcher seule sur la route.

Le ciel était couvert et la visibilité limitée. À chaque pas, elle frappait le sol avec sa béquille pour chasser d'éventuels serpents. Quelques jours auparavant, elle avait vu un cobra noir traverser la cour, à quelques mètres seulement de l'endroit où jouait Alfredo.

Elle s'arrêta et retint son souffle.

Le chant des cigales emplissait la nuit. Au loin, elle entendit le rire d'une femme et les aboiements d'un chien, mais les voix de Rosa et de Lydia ne lui parvenaient plus. Elle pensa au Garçon de la lune. Quand elle était seule, elle osait accepter des idées qu'elle refoulait autrement. Elle chercha à imaginer ce qu'elle ressentirait si le Garçon de la lune était là, nu, près d'elle. Qu'éprouverait-elle s'il passait ses mains sur son corps ? Et quelles sensations aurait-elle dans ses paumes en les posant sur lui ?

Rosa avait essayé de lui expliquer ce que désirer un homme voulait dire.

Et là, sur la route, Sofia avait l'impression d'en avoir compris le sens. Mais elle était incapable de dire si ce sentiment lui était agréable ou désagréable. Elle constata seulement que ça la faisait transpirer.

Elle fut interrompue dans ses pensées par l'arrivée de quelqu'un.

C'était monsieur Temba. Il était probablement en route pour rendre visite à une femme. Le vin avait fait son effet et il passa devant Sofia en titubant sans la remarquer dans le noir.

Sofia décida de rentrer.

La dispute entre Rosa et Lydia était finie et elles étaient maintenant occupées à éteindre les braises encore rougeoyantes du feu.

Sofia attendit qu'elles soient entrées dans la case pour oser se retourner.

Mais le Garçon de la lune n'était pas là.

Chapitre 7

Le jour suivant fut mauvais. À tout point de vue.

Quand Sofia se réveilla, elle s'aperçut qu'elle avait fait pipi au lit. Cela lui arrivait de temps en temps, mais pas suffisamment souvent pour qu'elle s'inquiète vraiment. Elle en ignorait la raison. Selon un médecin, il n'était pas impossible qu'il y ait un rapport avec son accident. Naturellement, cette explication ne diminuait en rien la gêne qu'elle éprouvait chaque fois que cela se produisait.

Elle avait honte.

Ce genre d'incidents n'arrive qu'aux petits enfants. Pas à ceux qui sont presque adultes.

La journée commençait mal.

L'événement suivant n'arrangea pas les choses. Lydia découvrit que, pendant la nuit, quelqu'un s'était introduit dans la remise, où elle faisait la cuisine, et avait volé sa grande cocotte en fonte. Elle se mit tout d'abord en colère et fit le tour de ses voisins pour demander s'ils avaient remarqué quelque chose de particulier. Madame Mukulela n'avait rien vu ni entendu. Monsieur Temba non plus. Pourtant, il avait passé une partie de la nuit dehors, ce dont Sofia pouvait témoigner. Il assura que tout était calme dans le village à son retour. Sofia, quant à elle, était convaincue qu'il aurait été incapable de voir un éléphant s'il en avait croisé un sur son chemin. Mais elle se garda bien de le dire. La cocotte avait disparu. C'était ça le problème. Lentement, la colère de Lydia céda la place à un sentiment de tristesse et de résignation.

Sofia se demandait parfois ce qui se passait dans la tête de sa mère et pourquoi elle avait des réactions aussi extrêmes, mais cette fois-ci, elle ne s'en étonna pas. Lydia avait fait des économies pendant longtemps pour pouvoir acheter une cocotte en fonte. Elle avait mis de côté chaque sou dont elle avait pu se passer. Quand enfin elle était rentrée de Boane, la cocotte en équilibre sur la tête, elle était fière et heureuse.

Oui, ce jour avait vraiment mal commencé.

Mais la suite allait être pire. Lydia avait pris du retard pour aller à la *machamba*. Au moment où elle se préparait pour partir, Alfredo fit peur à une des poules de madame Mukulela qui, effrayée, se réfugia sur la route. Il était rare que des voitures empruntent ce chemin, mais ce jour-là, un camion lourdement chargé passa par là. La poule, qui n'avait pas l'habitude de se méfier, se fit écraser. Madame Mukulela accourut, Lydia donna une claque à Alfredo, qui éclata en sanglots, et une dispute s'ensuivit entre Lydia, madame Mukulela et le chauffeur du camion. Sofia n'avait jamais assisté à une scène pareille. Les querelles entre madame Mukulela et Lydia était monnaie courante, mais leurs rires et leurs échanges amicaux étaient tout aussi fréquents. L'intrusion d'une troisième personne donna une autre tournure à la dispute. Le chauffeur, dont la chemise était tachée de sueur, était un homme grand et costaud. Pour commencer, il se contenta de rester spectateur, mais il finit par intervenir et subit alors l'attaque commune des deux femmes qui lui reprochaient d'avoir roulé beaucoup trop vite. Le spectacle dura près d'une demi-heure. Une foule s'était assemblée autour d'eux et prenait tantôt parti pour l'un des adversaires tantôt pour l'autre. Tout le monde soutenait pourtant fermement que le chauffeur avait conduit trop vite. La dispute prit fin faute de combattants. Le soleil était maintenant haut dans le ciel, il faisait chaud et personne n'avait le courage de poursuivre. Lydia fit preuve de générosité et offrit de l'eau au chauffeur avant que celui-ci ne s'en aille.

Madame Mukulela décida de préparer la poule pour le dîner. Le camion disparut dans un nuage de poussière et les gens se dispersèrent. Pour Sofia, ce mauvais jour était comme un sac rempli à ras bord, incapable de contenir davantage de difficultés.

Or elle avait tort.

Juste avant le départ de Lydia, Sofia se souvint qu'il lui fallait de l'argent pour payer les frais semestriels à l'école. Si elle était en retard, elle risquait l'expulsion. Mais le moment n'était pas très opportun. Dans la famille, l'argent était toujours un sujet délicat, pour la simple raison qu'ils n'en avaient pas. Comme Sofia savait que Lydia attachait beaucoup d'importance à sa scolarisation, elle décida malgré tout de lui en parler.

Lydia lui jeta un regard interrogateur.

— Je t'ai donné de l'argent il y a un mois. Cinquante mille *meticais**.

— C'est vrai, mais c'était pour acheter des livres.

Lydia secoua la tête.

— Je n'ai pas d'argent. Il faudra attendre que j'aie vendu une partie des tomates qui ne vont pas tarder à être mûres.

— C'est lundi, la date limite, murmura Sofia.

Elle avait de la peine pour Lydia. Mais aussi pour elle-même. Pourquoi fallait-il qu'ils soient si pauvres ?

— Tu aurais dû m'en parler plus tôt, dit Lydia.

— J'avais oublié.

— Oublié ? Comment peut-on oublier une chose pareille ?

Lydia posa la binette et s'assit.

Appuyée sur ses béquilles, Sofia pensait à tous ces produits qu'elle avait aperçus dans les vitrines en ville ou sur les étals du marché. Quand elle avait vu les prix, elle n'en avait pas

* Devise du Mozambique.

cru ses yeux. Il y avait pourtant des gens qui avaient les moyens de les acheter... Même des jeunes de son âge. Certains se promenaient avec de grosses liasses de billets qui représentaient bien plus d'argent que ce que le travail éreintant de Lydia ne lui rapporterait jamais.

Sofia avait besoin de trente mille meticais.

Dans un magasin en ville, elle avait vu des chaussures qui coûtaient trois millions de *meticais*.

— Je ne sais pas comment faire. Si je vends les tomates avant qu'elles soient mûres, je ne serai pas assez bien payée, soupira Lydia. Il faut que j'aille voir madame Mukulela. Ou bien monsieur Temba. Je ne vois pas d'autres possibilités.

— Si tu veux, c'est moi qui irai, proposa Sofia, sachant que Lydia détestait emprunter de l'argent.

— Non, fit Lydia en redressant le dos. Ce n'est pas à toi de t'humilier. C'est moi qui dois le faire. Je suis ta mère.

Elle se leva, prit sa binette, vérifia que Faustino était bien attaché et s'en alla.

Sofia la regarda s'éloigner.

Elle avait de la peine pour sa mère qui manquait continuellement d'argent et qui ne savait jamais comment s'en procurer. En plus, ce matin, quelqu'un lui avait volé sa cocotte en fonte.

Sofia se demanda à quoi sa mère pouvait bien penser. Elle se demanda aussi où elle puisait sa force. Une chose était certaine : adulte, elle ne voulait pas avoir à supporter la même vie qu'elle.

Lydia disparut au bout de la route.

Sofia alla consoler Alfredo qui jouait avec quelques morceaux de bois à côté de la case. Ce n'était pas par méchanceté que Lydia lui avait donné une claque. Elle avait eu peur pour lui, peur que ce soit lui qui se fasse écraser par le gros camion. Pour la poule, ce n'était pas grave. Tant pis pour elle si elle avait été assez bête pour ne pas s'envoler à temps. Et en ce qui concernait madame Mukulela, elle aurait un bon repas.

Sofia se retourna.

Où était passée Rosa ? Elle n'avait pas assisté à la dispute, ce qui était étonnant compte tenu de son intérêt pour tout ce qui rompait la monotonie habituelle. Sofia regarda par la fenêtre de la case. Il n'y avait personne. Était-elle retournée à la boutique de Hassan ?

Soudain elle la découvrit.

Elle était assise sous un des arbres qui délimitaient leur terrain de celui de monsieur Temba. Sofia fronça les sourcils. Il arrivait que Rosa ait envie d'être seule et en général c'était pour des problèmes de cœur. Mais ça ne durait jamais longtemps. Était-ce encore pour cette raison-là qu'elle s'était retirée sous l'arbre ? Sofia sentit qu'il s'agissait d'autre chose cette fois-ci. En s'approchant de sa sœur, elle s'aperçut qu'elle pleurait. Des larmes brillaient sous ses yeux. C'était beau, les larmes, même quand elles exprimaient la douleur.

— Qu'est-ce qui se passe ? demanda-t-elle.

— Rien.

— On ne pleure pas pour rien.

— Je ne me sens pas bien.

— Tu as mal ?

— Je suis seulement fatiguée.

La boule se remit à grossir dans le ventre de Sofia. En prenant appui sur l'arbre, elle se laissa glisser à côté de Rosa.

Rosa avait du chagrin.

Peut-être avait-elle également peur. Sofia n'arrivait pas à savoir. Ce qu'elle savait par contre, c'était qu'elle, elle avait peur. Rosa lui rappelait Deolinda, même si elle était assise sous un arbre et pas couchée dans un lit d'hôpital.

— Lydia a sans doute raison, dit Sofia.

— Raison à propos de quoi ?

— Que tu sors trop le soir.

— Qu'y a-t-il de mal à feuilleter les magazines de la boutique ?

Sofia ne sut pas quoi répondre.

Ou plutôt, elle ne savait pas comment aborder ce sujet difficile qu'était la maladie dangereuse. Il fallait qu'elle mette Rosa en garde. Si ce n'était pas déjà trop tard.

L'idée la fit tressaillir.

— Qu'est-ce qu'il y a ? demanda Rosa en la regardant.

— Rien.

— Je vais me reposer un instant.

— Tu n'as qu'à te coucher dans mon lit.

Rosa se leva et se dirigea lentement vers la case, sans rien dire.

Un peu plus tard, Sofia alla la rejoindre et s'aperçut qu'elle dormait.

Elle s'était couchée sur la natte en raphia, à côté du lit.

Chapitre 8

Bien que ce jour éprouvant semblât interminable, il finit quand même par décliner et laisser la place au soir.

Lydia revint de la *machamba*, épuisée. En apprenant que Rosa était allée se coucher de bonne heure parce qu'elle s'était sentie fatiguée, elle se raidit, comme chaque fois que quelque chose l'inquiétait. Pour ne pas l'alarmer inutilement, Sofia décida de ne pas lui raconter qu'elle avait trouvé sa sœur en pleurs sous un arbre. Mais peut-être avait-elle tort de ne pas partager ses craintes avec sa mère qui, elle, n'hésitait pas à lui parler de ses appréhensions.

Quelle était la meilleure manière d'agir? Sofia n'arrivait pas à se décider.

Elle pesait le pour et le contre et avait du mal à fixer son choix. C'était un trait de son caractère qu'elle n'aimait pas beaucoup.

Lydia et Sofia préparèrent le repas du soir.

Pendant que le riz cuisait, Lydia alla voir Rosa. Sofia se posta derrière la porte pour les écouter. Elles se parlaient tout bas, trop bas pour qu'elle puisse suivre leur conversation.

Quand elle entendit les pas de sa mère s'approcher, elle essaya de reculer mais fut gênée par ses béquilles. Lydia regarda Sofia en fronçant les sourcils.

— Tu nous a écoutées ?

Sofia fit non de la tête.

De toute évidence, Lydia n'était pas dupe, mais elle se contenta de cette réponse.

Le repas se composait de riz et de légumes.

— Nous avons assez de nourriture jusqu'à mardi, constata Lydia, après je ne sais plus de quoi nous allons vivre.

Une odeur alléchante de poulet rôti leur venait de chez madame Mukulela. Lydia et Sofia la sentirent. Alfredo aussi, certainement.

— Il y a plusieurs mois que je n'ai pas travaillé pour la famille Milagre, dit Sofia pour remonter le moral de Lydia. Leurs vêtements ont sûrement besoin d'être raccommodés et ils me payent toujours très rapidement.

— Tu n'as pas le temps, s'opposa Lydia. Il faut que tu penses à l'école.

— Je pourrais faire de la couture le soir.

— Non, on n'y voit rien. Il fait trop sombre.

Sofia savait que Lydia avait raison. La machine à coudre se trouvait dans la chambre. Si la lumière n'était pas assez forte, elle risquait de faire des erreurs. Les clients seraient mécontents et refuseraient de payer.

La conversation s'arrêta.

Au bout d'un moment, Lydia se redressa.

— Ce soir je ne veux plus m'encombrer de pensées tristes, dit-elle. À quoi bon vivre si on ne rit pas? Il faut rire au moins une fois par jour. Sinon, ce n'est pas la peine.

Lydia raconta l'histoire de madame Inocencia qui habitait une maison délabrée juste à côté de la *machamba*. Elle avait un penchant pour la bière. Le matin, il lui arrivait de venir éméchée au champ, ce qui n'empêchait pas tout le monde de l'apprécier. Personne ne lui reprochait de boire un peu trop certains soirs. Madame Inocencia avait été mariée deux fois et ses maris étaient tous les deux morts accidentellement. Le premier était tombé d'un tracteur en se rendant au marché. Le deuxième s'était noyé un soir dans le fleuve. Madame Inocencia avait été inconsolable pendant plus d'un an quand elle avait perdu son premier mari. Puis, elle avait séché ses larmes en rencontrant le second qui, malheureusement, était mort seulement quelques mois plus tard. Madame Inocencia avait alors recommencé à pleurer et elle s'était mise à boire de la bière pour calmer son chagrin.

— Aujourd'hui quand elle est arrivée au champ, elle avait la démarche incertaine, déclara Lydia, mais elle a voulu travailler et faire comme si de rien n'était. Elle a mal mesuré sa force. En sarclant, elle s'est donné un grand coup de binette sur la tête et elle est tombée par terre.

Lydia rit.

— On ne devrait pas rire du malheur des autres, mais il y en a sûrement qui rient de moi aussi.

Madame Mukulela surgit soudain de l'obscurité. Elle apportait un plat contenant quelques morceaux du poulet écrasé.

— Où est Rosa ? demanda-t-elle avec curiosité.

— Elle ne sort plus le soir, répondit Lydia sur un ton sévère.

Par crainte que madame Mukulela soit toujours fâchée avec lui, Alfredo s'était caché derrière Sofia

— J'ai aussi apporté un morceau de poulet pour Alfredo, annonça madame Mukulela en le cherchant du regard. Après tout, si j'ai eu un bon repas, c'est bien grâce à lui.

D'un coup de coude, Sofia fit avancer son petit frère qui se mit à manger avec avidité. Le poulet, c'était bien meilleur que le riz et les légumes. Il avait faim en permanence, quelles que soient les quantités qu'il ait déjà avalées.

Lydia proposa un tabouret à madame Mukulela qui s'assit lourdement.

— J'ai mal, gémit-elle. Je viens de me casser une dent sur un os.

— Allez voir monsieur Temba, suggéra Lydia. Il m'a déjà arraché une dent.

Madame Mukulela la regarda, l'air offensé.

— Jamais je n'ouvrirais la bouche devant cet homme. Il m'arracherait la langue. Ou du moins, il menacerait de le faire si je ne…

Elle ne termina pas sa phrase, mais Sofia en devina la suite : … *veux pas passer la nuit avec lui*.

À cet instant, monsieur Temba arriva et s'installa avec eux près de feu.

Silencieusement comme toujours. Il était coiffé de son vieux chapeau qu'il avait attaché avec un foulard.

— J'espère ne pas vous déranger, dit-il en saluant d'abord Lydia, puis, encore plus poliment, madame Mukulela, qui ne put s'empêcher de minauder. Elle avait déjà oublié sa colère.

Monsieur Temba tenait un baluchon dans les mains.

— Nous aurons du vent cette nuit, annonça-t-il. Un vent « arracheur-de-chapeau », un vent du sud. C'est pourquoi il faut s'y préparer. Il faut bien attacher son chapeau. Le mien est un héritage de mon oncle Justino. D'après ce qu'il m'a expliqué, il l'avait trouvé sur la route de Namascha. Mais je le soupçonne de l'avoir volé. Justino était un homme aimable. Il ne commettait jamais de vols importants, juste de tout petits larcins.

— Le mieux, ça aurait été de laisser votre chapeau chez vous, railla madame Mukulela.

— Les chapeaux, c'est comme les gens, s'opposa monsieur Temba. Ils n'aiment pas se sentir abandonnés.

Lydia pouffa de rire et Sofia en fit bientôt autant. Personne ne pouvait résister à la joie communicative de Lydia.

Monsieur Temba tendit le baluchon à Sofia.

— Des chemises, expliqua-t-il, elles ont besoin d'être raccommodées. Au cas ou tu aurais le temps.

Lydia et Sofia échangèrent un regard.

Sofia n'aurait donc pas besoin d'aller voir madame Milagre pour chercher du travail. On aurait dit que monsieur Temba avait entendu leur conversation.

— Les chemises actuelles sont moins résistantes qu'avant, fit-il d'un air sombre.

— C'est peut-être parce que tu as grossi, remarqua madame Mukulela.

— Je dois dire que je ne suis pas le seul dans ce cas, dit monsieur Temba en défaisant lentement le foulard pour soulever son chapeau.

Que n'avait-il pas dit là ?

Madame Mukulela se leva brusquement du tabouret qui craquait sous son poids et s'en alla, sans un mot.

— Je n'arrive pas à comprendre cette femme, dit monsieur Temba tristement. Je n'arrête pas de la demander en mariage et elle refuse à chaque fois.

— Il faut être patient, l'encouragea Lydia. Elle cédera peut-être un jour.

Monsieur Temba s'assit sur le tabouret.

Sofia aimait regarder son visage foncé et ses yeux pétillants. Parfois, elle se disait que monsieur Temba était certainement l'homme qu'elle appréciait le plus. Pourtant, elle ne pouvait pas imaginer qu'il ait eu une relation avec sa mère et puisse être le père de Faustino. Ce dernier, cependant, lui ressemblait d'une certaine manière. Mais rien dans le comportement de monsieur Temba indiquait qu'il soit son fils. Quant à Lydia, elle n'aurait jamais accepté de priver un de ses enfants de son droit de connaître ses origines.

— La lune est très belle cette nuit, fit monsieur Temba songeur.

Il se tourna vers Sofia.

Peut-être l'avait-il remarquée, malgré tout, la nuit où elle l'avait vu tituber sur la route pour aller rendre visite à une femme.

Le feu crépitait.

Chacun était plongé dans ses réflexions. Personne ne disait rien. Sofia pensa aux chemises qui résoudraient leur problème de nourriture. Puis elle pensa à Rosa, mais pour l'instant elle n'avait pas la force de s'inquiéter pour elle.

Elle pensait surtout au Garçon de la lune.

Ce garçon qui ne reviendrait jamais. Elle chercha à retrouver les traits de son visage dans le feu, mais les flammes refusèrent de partager leurs secrets avec elle. Sofia se souvint comment, quelques années plus tôt, elle avait été capable de comprendre ce qui s'y cachait. Maintenant, c'était bien plus difficile. Peut-être était-ce une question d'âge.

Il y eut un coup de vent qui attisa le feu. Monsieur Temba plaqua son chapeau sur la tête.

— Le voilà, le vent du sud, celui qui vole les chapeaux sur son passage.

Il se leva, sans lâcher son chapeau, s'inclina devant Lydia et se fondit dans l'obscurité. Sofia défit le baluchon et examina les chemises. C'étaient surtout les poignets et les cols qui avaient besoin d'être raccommodés. Cela ne lui demanderait pas beaucoup de temps.

Sofia remarqua une chemise bleue sous toutes les autres.

En la voyant, elle repensa à une phrase que Lydia lui avait dite quand elle était toute petite : « Si tu poses un ruban bleu sur la route une nuit de pleine lune, la personne de ton cœur viendra. » Elle ne comprenait pas pourquoi ces mots ne lui étaient pas revenus plus tôt.

Son cœur se mit à battre plus vite. Comment avait-elle pu les oublier ?

Elle ne pouvait tout de même pas poser la chemise de monsieur Temba sur la route. Quelqu'un pourrait la voler ou marcher dessus. Et que se passerait-il si monsieur Temba s'en rendait compte ? Il ne lui donnerait plus jamais de chemises à raccommoder. Et il exigerait certainement d'être dédommagé.

Elle réfléchit.

Y avait-il des rubans bleus dans sa boîte à couture ? Non, elle était certaine qu'il n'y en avait pas.

Alfredo s'était endormi devant le feu. Lydia le prit dans ses bras et se leva. Faustino dormait déjà dans la case.

— Je suis fatiguée, dit Lydia, mais je suis contente d'avoir pu enfin rire un peu.

— Je surveille le feu jusqu'à ce qu'il soit éteint, dit Sofia.

Elle était seule.

Elle ne quittait pas la chemise bleue du regard. Une idée déstabilisante surgit dans son esprit. Et si elle découpait la chemise ? Mais comment pouvait-elle prendre au sérieux ce que Lydia lui avait dit ?

« C'est impossible, se dit-elle. Et c'est puéril. Je suis presque adulte. Je ne vais tout de même pas poser un ruban bleu sur la route et penser que ça a une signification ! »

Elle tourna son visage vers le ciel nocturne.

La lune était là. La lueur bleue semblait venir d'une lampe accrochée tout là-haut. Sofia entra dans la case et constata que Lydia dormait déjà. Les ciseaux se trouvaient dans un des tiroirs sous la machine à coudre. Elle réussit à les repérer en tâtonnant avec ses mains, elle les attrapa et s'apprêta à sortir.

Lydia se réveilla.

— Tu ne vas pas te coucher ?

— J'ai oublié les chemises.

Lydia grommela quelque chose d'inaudible et se retourna sur sa natte. Faustino gémit dans son sommeil.

Une fois dehors, Sofia chercha à se raisonner.

Comment était-ce possible que l'idée lui soit venue de couper un morceau de la chemise de monsieur Temba ?

Sa décision était pourtant déjà prise. Elle s'installa devant le feu, souffla sur la braise et coupa une petite bande de tissu au milieu du dos, espérant pouvoir cacher ce qu'elle venait de faire par une couture.

Elle se dirigea vers la route.

Les cigales chantaient. Elle entendit un chien qui aboyait dans le lointain.

Elle se rendit à l'endroit où elle avait vu le garçon pour la première fois et y posa la bande. Elle retourna ensuite dans la case après avoir jeté un dernier regard sur la lune.

Avant d'entrer, elle se retourna dans l'embrasure de la porte.

Elle tendit l'oreille.

La nuit était calme.

Le vent de monsieur Temba n'avait pas encore commencé à souffler.

Chapitre 9

Sofia fit un rêve cette nuit-là.

Le matin au réveil, elle s'en souvenait dans les moindres détails.

La clarté de la lune était intense.

Une flamme bleue formait un arc de cercle entre le ciel nocturne et son visage. Elle était debout sur la route. Le ruban qu'elle y avait posé n'y était plus, mais toute la route était devenue bleue. Sofia se pencha en avant et prit une poignée de sable qu'elle laissa couler entre ses doigts. Le sable aussi était bleu. Et chaud. Comme cette sensation qui parcourait son corps.

La lune bougeait dans le ciel.

Elle se balançait comme une lanterne au vent. Le vent de monsieur Temba qui soulevait les chapeaux des gens et les emportait dans ce pays énigmatique où ils s'étaient tous donné rendez-vous.

Cette idée fit rire Sofia.

Elle s'aperçut que son haleine était bleue. Elle observa sa main. Elle était irisée et transparente. C'était comme si tout son être s'était transformé en un océan. De l'eau se répandait dans son corps, mais pas seulement de l'eau, une immense joie la traversait également. Elle eut envie d'aller chercher Rosa, peut-être Lydia aussi, pour qu'elles partagent cette magnifique nuit bleue avec elle.

Soudain, elle se souvint qu'elle attendait quelqu'un.

Le garçon.

Elle se retourna. Le paysage bleu qui l'entourait était absolument désert.

Elle eut peur.

Et s'il ne venait pas ! Elle regarda ses pieds et souleva légèrement son pagne. Ses jambes n'étaient pas bleues. Elles étaient comme d'habitude : marron, égratignées, fendues par endroits. Elle les cacha de nouveau. Les béquilles qu'elle tenait dans la main n'avaient pas non plus changé de couleur. L'eau chaude qui coulait en elle fut soudain plus fraîche.

Elle savait ce que cela signifiait : il ne viendrait pas.

Elle n'arriverait jamais à le faire entrer dans son rêve.

Était-ce réellement un rêve?

Peut-être était-elle réveillée. Elle ne savait pas.

Un bruit lui parvint, mais elle était incapable de le situer.

Elle tendit l'oreille. Sursauta. Quelque chose volait au-dessus d'elle. Un oiseau de nuit? Elle s'aperçut que c'était le chapeau de monsieur Temba, pourvu de deux ailes et d'un bec, qui tournait au-dessus de sa tête. Elle réussit à l'éloigner.

Le bruit revint.

Elle se mit à marcher et se rendit compte que celui-ci venait d'elle. C'était elle qui chantait, mais pas avec sa bouche. Le chant venait de ses doigts.

Le gravier était meuble.

Elle s'enfonça. Elle avait l'impression d'avancer dans de l'eau. Un poème prit forme dans sa tête.

Elle se retourna et s'aperçut que ses pas avaient tracé des mots dans le gravier bleu. Elle s'arrêta pour lire ce qui y était écrit.

Sofia.

La nuit. L'amour est bleu.

Le chapeau de monsieur Temba apporte un message.

L'amour est bleu.

C'était un poème bizarre.

Ces mots, venaient-ils vraiment d'elle ?

C'est alors qu'elle le vit.

Le Garçon de la lune.

Il marchait le long de la route tenant, dans sa main, le chapeau de monsieur Temba. Il souriait. Angoissée, elle fouilla dans sa mémoire pour retrouver le nom qu'elle lui avait donné. Si jamais elle l'avait oublié, il passerait devant elle sans la voir. Elle chercha désespérément. Comme on peut chercher un objet dont on a absolument besoin dans une case sans lumière.

À présent, le garçon était tout près.

Son cœur menaçait de s'arrêter de battre. Où avait-elle bien pu ranger son nom ?

Là ! Il était là !

Sergio.

Le garçon s'arrêta.

Il sentait la cannelle. Sofia lâcha ses béquilles, mais au lieu de tomber par terre, elles se transformèrent en deux jambes qui s'éloignèrent en courant. Deux jambes sans corps. Pourvu que le garçon ne la trouve pas étrange ! Mais il était là, immobile, à la regarder. Elle avait de nouveau chaud. Une eau bleue et ondoyante se répandit de nouveau dans son corps.

Le garçon se mit à se déshabiller.

D'abord la chemise. Le col était usé.

— Je vais m'en occuper, dit Sofia.

Mais le garçon ne répondit pas.

Il enleva son pantalon. Il y avait un trou au genou. Exactement comme le pantalon d'Alfredo que Sofia avait raccommodé quelques jours auparavant. Il lui sourit. Sofia inclina la tête. Elle ne savait pas pourquoi. Elle savait seulement qu'il était important qu'elle incline la tête à ce moment précis.

Le garçon se dénuda entièrement.

Sofia ferma les yeux. Mais elle avait beau le faire, cela n'empêchait pas ses yeux de voir.

Il l'effleura.

Elle sentit son corps contre le sien. Elle sentit aussi une odeur de cannelle. Il commença à défaire son pagne. Elle était toute nue en dessous, à part les lanières qui attachaient ses jambes. Il ôta son chemisier. Elle garda tout le temps les yeux fermés. Elle n'eut pas peur de le toucher à son tour. Elle passa ses doigts sur sa nuque, ses épaules, ses côtes. Et plus bas.

La respiration du garçon était maintenant plus rapide. Sofia sentit sa main se glisser entre ses jambes. Elle fut prise de vertige. Une odeur de cannelle flottait autour d'eux.

Ils s'allongèrent sur la route. Cela fit un peu mal quand il la pénétra. Mais Sofia avait surtout très peur de se réveiller. Elle le retint comme si elle retenait un rêve, pour empêcher la réalité d'entrer.

Son corps était maintenant entièrement rempli d'eau chaude.

Flottant à la surface de la mer, ils furent ballottés au gré des vagues.

Il l'aida à se relever. Ils s'habillèrent. Il continuait à la regarder comme si rien ne s'était passé.

— Comment t'appelles-tu ? demanda-t-il.

— Sofia.

— Et quel nom m'avais-tu donné ?

— Sergio.

Il sourit.

— Peux-tu m'en donner un autre ?

Sofia réfléchit un instant. Elle voulait lui trouver un nom qu'il accepterait tout de suite.

— Evaristou ?

— C'est trop long.

— Zé ?

— C'est mieux. Zé. Oui, je veux bien m'appeler Zé. Maintenant, il faut que je m'en aille.

— Tu reviendras ?

Sofia avait peur de poser cette question. Mais il le fallait.

À cet instant même, elle ouvrit les yeux.

Elle se souvenait de tout ce qu'elle venait de rêver. Mais pas de sa réponse à lui. Reviendrait-il ? Elle ne le savait pas. Le rêve s'était arrêté comme une porte qui se ferme subitement.

Sofia resta dans le noir sans bouger.

Elle entendait Rosa respirer à côté d'elle. Elle caressa les cheveux de sa sœur qui était en sueur. Mais cela n'avait rien d'inquiétant. Rosa transpirait souvent pendant son sommeil. Sofia chercha à calculer combien de temps il fallait attendre avant que le coq de madame Mukulela ne commence à faire du bruit. L'aube semblait proche. Le chant du coq était imminent.

Le rêve lui revenait sans cesse. Elle passa sa main sur son corps, renifla ses doigts et reconnut… l'odeur de cannelle. Oui, c'était bien cette odeur.

Le coq se mit à chanter.

Dès la première lueur du jour, Sofia se leva et s'habilla.

Rosa se réveilla.

— Je me sens mieux, dit-elle en s'asseyant.

C'était peut-être fini, après tout. Il n'y avait plus lieu de s'inquiéter. Rosa n'avait rien. Il suffisait qu'elle ne sorte plus le soir pour aller mieux.

Sofia quitta la case.

Lydia était en train d'allumer le feu. Elle regarda Sofia.

— Pourquoi as-tu l'air si heureux? demanda-t-elle.

Sofia ne répondit pas.

Elle se dirigea vers la route, vit le ruban bleu, le ramassa et le cacha sous son pagne.

N'était-ce qu'un rêve, ce qui s'était passé pendant la nuit? Elle était incapable de le dire.

Chapitre 10

C'était dimanche.

Il était un peu plus de dix heures du matin quand Sofia décida de se rendre dans un de ses lieux secrets. Lydia et Rosa étaient parties avec les petits à l'église, un bâtiment blanc délabré au toit de paille. Lydia s'était étonnée qu'elle ne les accompagne pas à la messe mais Sofia lui avait expliqué qu'il fallait qu'elle s'occupe des chemises de monsieur Temba.

En réalité, c'était parce qu'elle ne se sentait plus très à l'aise à l'église.

Depuis l'accident qui l'avait privée de ses jambes et qui lui avait pris sa sœur, elle n'était pas sûre de croire encore en Dieu.

Un Dieu charitable ne pouvait pas permettre qu'une telle chose se produise.

Elle n'était pas non plus certaine que la foi de Lydia ait résisté à cette épreuve. Mais elle savait que sa mère aimait chanter et qu'elle appréciait l'ambiance qui régnait dans la petite église. Elle aimait aussi y retrouver les autres femmes pour bavarder un moment avec elles.

Quant à l'opinion de Rosa, Sofia n'en savait rien.

Les deux sœurs partageaient tout ce qui les touchait profondément, mais elles n'avaient encore jamais parlé de Dieu.

Sofia enfila sa robe rouge, qui lui descendait jusqu'aux pieds, ferma la porte derrière elle et s'engagea sur la route qui menait au bout du village. Le chemin se rétrécissait progressivement pour finalement n'être plus qu'un petit sentier zigzaguant dans les hautes herbes. Les serpents venimeux n'y étaient pas rares et Sofia fit bien attention à l'endroit où elle mettait ses pieds. De temps à autre, elle croisait des gens qui la saluaient sans forcément la connaître. Le sentier descendait une côte vers une rivière, large seulement de quelques mètres. C'était en fait un affluent du grand fleuve dont le lit se trouvait près de Boane. Dans le temps, il y avait eu des crocodiles mais ils s'étaient maintenant déplacés vers d'autres parties du fleuve.

Quand Sofia atteignit enfin la rive, elle transpirait abondamment.

Elle prit appui sur ses béquilles et se pencha en avant pour plonger sa main dans l'eau.

Avec ses jambes raides et son derrière en l'air, elle se sentait comme une girafe.

Après s'être rafraîchi le front, elle reprit sa marche.

Une centaine de mètres plus loin se trouvait un monticule communément appelé « La colline au lion ».

Un vieil homme que Sofia avait rencontré un jour près de la rivière, lui avait raconté l'origine de ce nom : « Du temps où il y avait encore des lions qui rôdaient dans le voisinage, quelqu'un en avait aperçu un couché en haut de ce monticule. Il était énorme et personne n'avait osé s'en approcher. Bien que les lions aient disparu depuis, le nom est resté. »

Sofia était allée à « La colline au lion » pour la première fois un an après son accident. Elle venait de quitter l'hôpital. Son corps la faisait encore souffrir et elle marchait avec difficulté. Un jour où elle était plus triste que d'habitude, elle était descendue jusqu'à la rivière pour être seule, et c'était alors qu'elle avait découvert la colline. Depuis, elle la considérait comme son endroit, un endroit où elle pouvait se retrouver seule avec son chagrin. Elle l'avait même baptisé « L'endroit du chagrin ». Bien entendu, elle n'en avait parlé à personne, surtout pas à Rosa. C'était trop puéril. De temps en temps, il lui arrivait encore d'éprouver le besoin d'être une enfant, mais seulement quand personne ne la voyait.

Aujourd'hui elle n'était pas triste.

Le rêve de la nuit était encore vivant en elle. Elle arriva enfin en haut de « La colline au lion » d'où elle avait une vue d'ensemble sur le paysage alentour. À travers la brume du soleil, elle devina même les montagnes qui formaient la frontière vers le Swaziland.

Aucun lieu ne l'attirait autant.

Plus tard, elle voulait absolument grimper en haut de ces montagnes pour découvrir ce qui se cachait de l'autre côté. Un jour, elle aurait peut-être l'occasion de le faire.

Si Sofia avait décidé de se réfugier dans cet endroit, c'était pour être seule.

Elle avait besoin de réfléchir à ce rêve qu'elle avait fait. Mais là, en plein soleil, il lui paraissait très lointain. Elle avait du mal à se remettre dans l'ambiance de la clarté bleue, à retrouver la sensation du sable entre ses doigts et à sentir les mouvements de la mer à l'intérieur d'elle-même. Sans parler de la présence du garçon et de son corps contre le sien.

Ça n'avait été qu'un rêve.

Rien ne s'était réellement passé. Mais ce rêve lui avait fait comprendre qu'elle avait maintenant atteint un âge décisif. Elle avait quinze ans et n'était plus une enfant. Oh, comme elle aurait souhaité avoir un ami à elle, quelqu'un qui n'aurait été là que pour elle !

Mais comment imaginer qu'un homme puisse s'intéresser à quelqu'un qui n'avait pas de jambes et qui ne pourrait jamais courir ni danser ?

Il lui arrivait souvent de perdre courage, mais Rosa et Lydia, et même sa maîtresse d'école, lui assuraient qu'il y avait autre chose que l'apparence physique qui comptait. Sofia avait la chance d'aller à l'école, elle savait lire et, plus tard, elle serait peut-être enseignante à son tour. Dans le cas où son souhait d'être médecin s'avérait irréalisable. Quoi qu'il en soit, elle aurait un travail, une maison et un salaire, et elle ne serait certainement pas en manque de prétendants.

Les pensées se bousculaient dans sa tête.

La vraie raison qui l'avait poussée à se rendre à la colline était le besoin de comprendre si elle était encore une « presque-adulte » ou déjà une femme. Ce passage essentiel dans la vie ne se fait qu'une seule fois. On naît, on devient adulte et on meurt une seule fois.

Elle s'allongea dans l'herbe sous le soleil brûlant.

Sous ses paupières fermées, elle se vit telle qu'elle était quelques années auparavant. Inchangée, comme Maria dans ses souvenirs. Elle vit la petite fille qu'elle avait été s'éloigner sur le sentier pour ensuite disparaître.

Elle se redressa.

Oui, elle avait fait son passage vers la vie d'adulte. La relation avec un homme avait maintenant pris un sens pour elle. Même si son expérience n'appartenait qu'au rêve.

Soudain, Maria apparut sur le chemin. Elle était vêtue de sa robe blanche et il y avait quelqu'un à côté d'elle. Une petite fille. Et cette petite fille c'était elle-même, Sofia. C'était exactement comme ce matin où elles avaient couru toutes les deux vers la mine qui les attendait pour exploser.

Sa vue se brouilla.

Maria, elle, n'avait pas eu le temps de connaître ce passage vers la vie d'adulte.

Sofia secoua la tête.

«Non, il ne faut pas que je pleure, se dit-elle. Pas aujourd'hui. Et, après tout, rien ne dit qu'on ne peut pas devenir adulte quand on est mort.»

Avant de quitter la maison, Sofia avait glissé un cahier gris et un stylo dans sa robe. Ça faisait longtemps qu'elle avait décidé de noter ses pensées, celles qui ne seraient destinées qu'à elle. Ce serait son secret. Généralement, Lydia ne touchait pas à ses affaires et Rosa n'était pas allée à l'école assez longtemps pour savoir lire.

C'était le moment de commencer à rédiger un journal intime.

Elle avait acheté le cahier au marché avec l'argent qu'elle avait gagné en raccommodant un pantalon pour monsieur Temba. Et le bout de crayon, elle l'avait trouvé sur la route.

Elle se trouva une position confortable et ouvrit le cahier.

La feuille blanche l'attendait. Par quoi fallait-il commencer? Par le plus important, bien entendu : le Garçon de la lune, le rêve qu'elle avait fait et la certitude qu'elle avait quitté l'enfance. C'était à «La colline au lion» qu'elle venait de comprendre cette transformation. À présent, elle était adulte. Elle était femme.

Sofia se mit à l'œuvre.

Elle écrivit les mots sur la feuille comme ils

lui venaient en les formant avec soin. Quand elle n'était pas certaine de leur orthographe, elle en choisissait d'autres.

Elle chercha à se souvenir du poème du rêve.

L'amour est bleu.

Elle inscrivit la phrase, ce qui lui demanda pas mal de temps. Après avoir enfin terminé la première page, elle commença à envisager sérieusement d'écrire un jour un livre entier. Cela lui demanderait sans doute plusieurs années, elle serait peut-être même vieille avant la fin, mais quelle importance ? L'essentiel était de commencer.

Sofia passa presque toute la journée en haut de la colline.

Le soleil était en train de se coucher, quand elle décida enfin de regagner la maison. Elle avait faim. Les chemises de monsieur Temba étaient toujours dans le même état, mais tant pis, elle avait passé une bonne journée. Elle se demanda si les autres allaient se rendre compte qu'elle était devenue adulte.

En arrivant dans la cour, elle s'arrêta, surprise. Devant le feu trônait la cocotte disparue.

Chapitre 11

Lydia était furieuse.

Elle tremblait de colère.

— On est tous pauvres, dit-elle, et pourtant on se vole entre nous.

Elle raconta à Sofia ce qui s'était passé.

— En rentrant de l'église, je suis passée avec Rosa et les petits chez madame Chambule qui n'était pas venue travailler au champ depuis plusieurs jours. J'ai pensé qu'elle était peut-être souffrante et qu'elle avait besoin d'aide. Elle était en fait restée à la maison pour soigner un de ses nombreux enfants qui avait eu une crise de paludisme.

« Nous sommes ensuite partis de chez madame Chambule avec l'intention de rentrer directement à la maison, sans faire de détour. Soudain, devant une case miséreuse, mes yeux ont été attirés par une cocotte. À première vue, son aspect était banal et rien ne la distinguait des autres, mais j'ai immédiatement su que c'était la mienne parce qu'un des trois pieds était cassé. J'ai demandé à Rosa de rester avec Alfredo et Faustino le temps d'aller voir les habitants de la case. Deux hommes, une femme et toute une ribambelle d'enfants se trouvaient à l'intérieur. Je les ai interrogés sur l'origine de la cocotte, mais la réponse qu'ils ont donnée était très vague. Quand j'ai pu l'examiner de plus près, mes soupçons se sont confirmés. Alors, je me suis mise en colère et j'ai essayé de la reprendre, mais les deux hommes m'en ont empêchée. J'ai dit que j'allais m'adresser au chef du village s'ils ne voulaient pas me rendre ce qu'ils m'avaient volé. La discussion s'est envenimée. Des gens ont commencé à venir de partout pour prendre part à la dispute, mais j'ai tenu bon. C'est seulement en les menaçant d'aller chercher la police à Boane que j'ai enfin pu reprendre ma cocotte.

Lydia racontait son histoire avec fougue, la sueur perlait sur son visage.

Elle était encore très énervée, mais elle était

surtout très affectée par ce qui venait de se passer. Sofia savait qu'il suffisait de regarder son front pour comprendre dans quel état elle se trouvait. La colère y creusait deux rides profondes qui lui descendaient jusqu'au nez. La tristesse le couvrait entièrement de petites ridules. Ce jour-là, son front reflétait ces deux sentiments.

— J'ai bien vu qu'ils étaient aussi pauvres que nous, ajouta-t-elle. Peut-être même plus. Les enfants étaient en haillons. Ils avaient faim et peur. Mais ce n'est pas une raison pour voler des gens qui ont la vie aussi dure qu'eux. Ce n'est pas ça qui arrangera les choses.

Sofia mémorisa les paroles de sa mère.

Elle les noterait dans son journal.

Ils dînèrent de bonne heure.

Le dimanche soir, Lydia avait l'habitude d'aller voir sa sœur Alicia qui habitait à l'autre bout du village. Rosa et Sofia l'accompagnaient souvent mais, ce soir-là, Lydia n'emmena qu'Alfredo et Faustino.

Rosa et Sofia se retrouvèrent seules à la maison.

— Qu'est-ce que tu écris ? demanda Rosa qui avait vu Sofia ranger le cahier et le crayon dans la chambre.

— J'écris seulement pour moi.

— D'accord, mais quoi ?

— C'est un secret.

— Je croyais qu'on partageait tous les secrets.

— Pas tous. Toi aussi, tu me caches des choses.

Il ne faisait pas encore nuit.

Tout en interrogeant Sofia, Rosa observait son visage dans la glace. Elle avait retrouvé son comportement d'avant et tout signe de fatigue était effacé.

— Viens avec moi, dit soudain Rosa.

— Où ?

— À la boutique de Hassan.

Sofia était embarrassée.

Elle avait toujours espéré que Rosa propose de l'emmener et, pourtant, elle hésita. Elle avait envie d'y aller en même temps qu'elle en avait peur.

— Non, dit-elle, je vais à l'école demain matin. Il faut que je dorme.

— On ne rentrera pas tard.

— Il vaut mieux que tu y ailles seule.

Rosa raccrocha la glace à sa place.

— Tu viens avec moi, dit-elle avec sévérité. Tu ne vois que nous, nous et tes camarades d'école. Il faut que tu rencontres d'autres gens.

Sofia continua à hésiter.

— Il y a qui là-bas ?

— On ne le sait jamais à l'avance. Ça dépend. Il y en a que je connais déjà, d'autres que je n'ai jamais vus.

D'un geste décidé, Rosa poussa Sofia dans la chambre pour qu'elle fasse un choix parmi les rares vêtements qu'elle possédait.

— Prends ce chemisier bleu, dit-elle en le lui tendant.

Sofia obéit et l'enfila. Mais quand Rosa lui proposa de changer de pagne, elle refusa catégoriquement. L'autre était trop court et ne recouvrait pas ses jambes.

— Tu es très jolie comme ça, dit Rosa en la regardant attentivement. Mais ça se voit que tu n'en es pas persuadée toi-même.

— C'est toi qui es jolie, s'opposa Sofia. Moi, je suis laide et maladroite et je n'ai même pas de vraies jambes.

— Tu es vivante, toi, s'énerva Rosa, contrairement à Maria. Viens maintenant, on y va.

Il commençait à faire sombre.

Rosa marchait vite et Sofia avait du mal à la suivre. Plus elles approchaient de la boutique de Hassan, plus son inquiétude grandissait. Tout d'un coup, elle s'arrêta.

— Je rentre, dit-elle. Je n'ai plus envie d'y aller.

— Ne sois pas bête. Tu as peur de quoi ? Tu peux m'expliquer ?

Sofia savait très bien qu'il n'y avait rien de dangereux.

L'inquiétude qu'elle éprouvait était d'une tout autre nature. Elle avait peur qu'on ne la remarque pas. Peur qu'on ne fasse pas attention à elle.

— Allons-y ! insista Rosa. Hassan a peut-être reçu de nouveaux magazines.

— Tu es sûre que c'est ouvert le dimanche ? demanda Sofia, espérant que la boutique serait fermée et qu'elles pourraient retourner à la maison.

— Hassan ne ferme jamais. Allez, viens !

Perché sur un tabouret, Hassan était en train de feuilleter un vieux magazine aux feuilles usées à force d'être tripotées. Une lampe à pétrole était posée sur le comptoir.

Hassan était de petite taille. Il avait une barbe taillée court et un bonnet gris enfoncé sur la tête. Il regarda Rosa et Sofia en plissant les yeux.

— Rosa ! s'exclama-t-il. Je me demandais où tu étais passée. J'avais peur de ne plus te revoir ici.

Sofia s'étonna.

Hassan semblait connaître Rosa. Pouvait-il réellement retenir le nom de tous les jeunes qui fréquentaient sa boutique ? Même de ceux qui ne venaient que pour regarder ses vieux journaux sans rien acheter ?

— Voici ma sœur, dit Rosa en tirant Sofia vers la lumière de la lampe.

Hassan la regarda droit dans les yeux avant de jeter un coup d'œil sur ses béquilles et son pagne.

— Je sais bien, dit-il en soupirant. Tout le monde connaît Sofia. Celle qui a survécu.

Hassan se laissa glisser de son tabouret et se mit à fouiller dans l'obscurité derrière le comptoir. Il en sortit un morceau de chocolat et le tendit à Sofia qui, gênée d'autant d'attention, oublia de remercier.

Celle qui a survécu.

C'était donc comme ça qu'on parlait d'elle ?

Elle se sentit rougir.

Les joues en feu, elle se retira du cercle de lumière.

— Tu as reçu de nouveaux magazines ? se renseigna Rosa.

Hassan soupira à nouveau.

— Hélas non. La semaine prochaine, peut-être. On ne sait jamais à l'avance.

Hassan mit ses lunettes et reprit son vieux journal usé. Rosa emmena Sofia dehors. À présent, il faisait nuit noire. Un feu flamboyait devant la boutique. Sofia voyait des silhouettes bouger dans l'obscurité. Quelqu'un riait, quelqu'un d'autre chantait. Rosa salua un garçon qui avait une casquette à l'envers sur la tête et qu'elle connaissait visiblement déjà. Elle se mêla ensuite aux autres en oubliant Sofia.

Sofia se fâcha.

C'était exactement ce qu'elle avait craint. Elle était exclue, personne ne la voyait. Même pas Rosa, sa propre sœur qui avait tant insisté pour qu'elle vienne.

Près du feu, un des garçons commença à taper sur un tambour.

Rosa se mit à danser. D'autres la suivirent. Sofia détourna la tête. Blessée et humiliée, elle maudit sa sœur. Pourquoi l'avoir fait venir pour aussitôt la laisser tomber ?

Hassan sortit de sa boutique. Il avait dans

sa main une pipe allumée qu'il fumait de temps à autre.

— On n'est pas obligé de danser, dit-il en voyant Sofia. Regarde-moi. J'ai des jambes mais je ne danse pas.

Sofia avait bien compris qu'il cherchait à lui remonter le moral, mais ça n'arrangeait rien. Elle n'avait pas envie d'être consolée. Elle voulait être ailleurs. Et surtout, elle voulait des jambes, des vraies.

Hassan regarda sa pipe qui s'était éteinte, poussa un soupir et retourna dans la boutique.

Sofia prit rapidement sa décision.

Tout doucement, elle recula jusqu'à se faire engloutir par l'obscurité, puis s'en alla. Tant pis pour Rosa ! Ce serait à son tour d'être inquiète, comme Sofia l'avait été en la voyant perdre sa binette. Ce serait sa vengeance.

Sofia s'arrêta.

Elle sentit quelques gouttes de pluie sur son visage. Elle avait du mal à s'orienter dans le noir, mais elle réussit à repérer le chemin grâce aux feux qui n'allaient pas tarder de s'éteindre. Le village se préparait pour la nuit. La pluie s'intensifia. Elle marcha aussi vite qu'elle put, mais elle était quand même trempée en arrivant à la maison.

Lydia l'attendait sur le seuil.

— Où est Rosa ? demanda-t-elle.

— À la boutique de Hassan.

— Et toi, tu y es allée aussi ?

Sofia ne répondit pas.

Elle alla dans sa chambre et ferma le rideau. Après avoir enlevé ses vêtements mouillés et détaché ses jambes, elle s'enfonça dans le lit, morte de fatigue. La journée avait été pénible mais elle n'en voulait plus à Rosa, qui avait certainement cru bien faire.

Elle remonta sa couverture jusqu'au menton et ferma les yeux.

Fallait-il attendre que la lune soit de nouveau pleine pour que le garçon revienne ?

Chapitre 12

Un mois passa.

La lune allait bientôt être pleine de nouveau. Le temps se faisait plus chaud et plus humide à l'approche de la saison des pluies. Quelques averses violentes s'étaient déjà abattues sur le village. Sofia se réveillait souvent la nuit, trempée de sueur.

Elle n'était plus préoccupée par une visite éventuelle du garçon qu'elle avait vu au clair de lune.

Ou plutôt qu'elle avait vu dans ce rêve qui avait fait d'elle une femme.

Elle était bien trop tourmentée par la santé de Rosa qui avait de nouveau fait tomber sa binette et qui, encore une fois, n'avait pas eu la force de la ramasser.

Ça s'était passé un des jours qui avait suivi la soirée dans la boutique de Hassan.

La nuit était déjà bien avancée quand Rosa était rentrée. Sofia dormait profondément. Le lendemain, aucune des deux n'avaient parlé de l'incident de la veille. Rosa avait visiblement mauvaise conscience d'avoir abandonné sa sœur à sa solitude.

Oui, elle avait rechuté !

Ça s'était passé de la même manière que la première fois. En sarclant le champ de maïs, Rosa avait été prise d'une fatigue soudaine et n'avait plus eu la force de tenir sa binette. Mais cette fois-ci, Sofia n'avait pas assisté à la scène.

C'était à son retour d'école qu'elle avait appris par Rosa que sa fatigue était revenue. Elle lui avait expliqué que la fièvre lui venait par vagues et qu'elle perdait alors l'appétit.

Le ventre de Sofia s'était immédiatement noué. La boule d'angoisse se mit à grossir au fur et à mesure que le temps avançait sans que la santé de sa sœur ne s'améliore.

Rosa cherchait en vain à rassurer sa mère et sa sœur en disant qu'elle avait juste besoin de quelques jours de repos.

Les jours passèrent, puis les semaines. La lune était maintenant presque pleine et l'état de Rosa ne faisait qu'empirer. Elle maigrissait à vue d'œil. Elle commençait à avoir des douleurs intestinales qui l'obligeaient à se lever la nuit et à sortir. Sofia restait réveillée à attendre qu'elle revienne pour savoir comment elle allait. Mais Rosa se recouchait et se rendormait sans dire un mot. Elle avait le souffle court, comme si elle avait beaucoup couru. Comme si le simple fait de respirer lui demandait un effort.

Pendant cette période, qui s'étendit d'une pleine lune à une autre, Sofia continua à aller à l'école mais elle avait beaucoup de mal à se concentrer. Un jour, mademoiselle Adelina lui demanda de rester après le cours.

— Que se passe-t-il? Toi qui d'habitude es si attentive… Depuis quelque temps tu sembles avoir la tête ailleurs.

— Rosa est malade.

— Qui est Rosa?

— Ma sœur.

— C'est grave?

— Je ne sais pas.

Adelina ne posa pas d'autres questions.

Elle avait eu l'explication du changement de comportement de Sofia et cela lui suffisait.

Au cours de ce mois, Sofia raccommoda toutes

les chemises que monsieur Temba lui avait confiées. Sauf la bleue, qu'elle dissimulait tant bien que mal en dessous des autres. Comme une mauvaise conscience qu'elle aurait cherché à cacher. Il lui arrivait de la sortir pour l'examiner, chaque fois en constatant qu'elle serait difficile à remettre en état. Monsieur Temba s'apercevrait forcément qu'une bande de tissu avait été découpée dans le dos.

Un après-midi, il apparut dans la cour, coiffé de son éternel chapeau.

Comme la saison des pluies était proche, il était aussi équipé d'un parapluie. Il voulait à tout prix éviter d'être mouillé, même si le risque était minime, vu le peu de distance qui séparait sa maison de celle de Sofia.

Il était venu pour avoir des nouvelles de sa chemise bleue.

— Elle n'est pas encore prête, murmura Sofia, prise de remords.

— J'aime beaucoup cette chemise-là, dit monsieur Temba.

Et il s'en alla après s'être incliné.

Sofia savait ce qu'il avait voulu dire : « Je reviendrai la chercher d'ici deux ou trois jours. »

Le soir même, Lydia et Sofia se mirent d'accord sur la nécessité d'envoyer Rosa consulter un médecin. Rosa, qui était maintenant malade depuis plus d'un mois, s'opposa, mais cette fois-ci en vain. Le dispensaire, dont les consultations étaient ouvertes seulement deux jours par semaine, était situé près de l'école. Le lendemain, le cours de Sofia se terminait à midi et demi, et il fut décidé qu'elle accompagnerait sa sœur là-bas. Le médecin aurait ainsi le temps d'examiner Rosa.

— Je ne veux pas y aller, dit Rosa. Ce n'est pas la peine puisque je vais bientôt guérir.

Sofia eut un moment d'hésitation.

« Dieu sait que j'essaie de me persuader que Rosa n'a pas cette horrible maladie ! pensa-t-elle. Au plus profond de moi-même, je ne veux pas savoir. La vérité me fait peur. Mais à présent, je ne peux plus reculer. »

Cette nuit-là, Sofia eut du mal à dormir.

La lune était pleine. Elle s'efforça de penser au garçon du rêve mais n'y parvint pas. Rosa, qui dormait à côté d'elle, la rappelait sans cesse à la réalité. Sofia l'entendait se retourner dans son sommeil.

Le lendemain, le ciel était recouvert d'une épaisse couche de nuages.

Comme convenu, Sofia se rendit au dispensaire pour rejoindre sa sœur. Dans le lointain, du côté des montagnes du Swaziland, elle vit les éclairs se succéder. L'orage s'approchait, mais Sofia ne discernait pas encore le grondement du tonnerre.

Elle aperçut Rosa au bout du chemin.

Elle marchait lentement, comme à contrecœur. Agacée, Sofia se donna un coup de poing dans le ventre pour essayer de dissiper son angoisse avant d'aller à sa rencontre. Elle vit immédiatement que Rosa avait peur.

Ses yeux scrutaient nerveusement le visage de Sofia à la recherche de réconfort. Mais celle-ci baissa le regard, incapable de croiser celui de sa sœur.

Qu'est-ce qui faisait donc si peur?

La vérité.

Et la vérité, elles n'allaient pas tarder à la connaître.

Mais après tout, Rosa avait peut-être raison de penser – ou plutôt d'espérer – qu'un peu de repos lui suffirait.

Dans la matinée, Sofia était allée voir le médecin pour le prévenir de la visite de sa sœur.

Il avait noté son nom. Quand il avait demandé de quoi elle souffrait, Sofia avait répondu qu'elle avait de la fièvre et des douleurs intestinales, qu'elle maigrissait et qu'elle était extrêmement fatiguée. Il avait acquiescé sans rien dire. Sofia avait vainement cherché à interpréter l'expression de son visage.

Ce n'était pas encore l'heure du rendez-vous.

Les deux sœurs s'assirent à l'ombre d'un vieil autocar brûlé abandonné au bord de la route. C'était un souvenir de la guerre. Sofia pensa aux Bandits qui avaient tué leur père. L'orage continuait à gronder dans le lointain.

— Nous serons mouillées au retour, fit remarquer Rosa.

Elles restèrent silencieuses un moment.

Quelques garçons s'interpellaient dans la cour de l'école. Ils jouaient au foot. Sofia jeta un regard vers le dispensaire en se disant qu'à l'intérieur, il y avait un médecin qui attendait Rosa et qui allait bientôt dire de quoi elle souffrait.

— On ferait mieux d'y aller maintenant, dit Sofia en se levant à l'aide de ses béquilles.

Rosa, qui transpirait et se plaignait d'avoir mal au ventre, ne bougea pas.

— Il faut qu'on y aille, répéta Sofia. Il est une heure. Le médecin nous attend.

Elles pénétrèrent dans l'entrée sombre où une infirmière était en train de remplir des papiers tout en chassant une mouche qui lui tournait autour.

— Le docteur Nkeka est occupé avec une autre patiente, mais ça ne sera pas long. Il s'agit juste d'une grossesse.

La femme qui sortit du bureau avait un ventre énorme.

Elle allait bientôt mettre un enfant au monde. « La naissance puis la mort », pensa Sofia. Dans son imagination, c'était elle, le médecin en blouse blanche, chargé du début et de la fin de la vie. Mais il ne fallait pas que la patiente suivante soit sa propre sœur.

Rosa se leva.

— Viens avec moi, supplia-t-elle.

L'infirmière, qui l'avait entendue, dit sur un ton sévère :

— La consultation est réservée à la personne malade.

Rosa entra dans le bureau et la porte se ferma derrière elle.

Sofia s'était préparée à attendre. L'infirmière bâilla tout en continuant à chercher à se débarrasser de la mouche entêtée. Il faisait très chaud. L'orage s'était encore rapproché. Sofia, tout occupée à imaginer la scène qui se déroulait dans la salle d'à côté, sursauta lorsque la porte s'ouvrit et que le docteur Nkeka apparut. C'était un homme encore jeune, mais ses cheveux étaient déjà gris. Il salua Sofia d'un signe de tête avant de demander à l'infirmière de venir le rejoindre. Celle-ci se leva lourdement et se dirigea vers la salle d'examen, suivie par la mouche. Sofia aurait voulu être à la place de cette mouche, pour pouvoir écouter ce que le médecin avait à dire.

L'orage était tout proche maintenant. Un vieil homme entra dans la salle d'attente, appuyé sur sa canne. Il demanda si le médecin était encore là. Sofia répondit, comme si c'était elle l'infirmière :

— Le docteur est occupé.

L'homme, qui entendait mal, lui demanda de répéter.

— Le docteur est occupé, dit-elle plus fort.

L'homme s'assit sur les marches. Il fut pris d'une quinte de toux qui résonnait dans sa poitrine. La porte s'ouvrit. L'infirmière, suivie de Rosa, jeta un regard mécontent à ce nouveau patient qui allait l'empêcher de rentrer chez elle avant l'averse.

En quittant le dispensaire, Sofia remarqua que sa sœur avait une petite trace de piqûre dans le pli de son coude.

— Qu'est-ce qu'il t'a dit ? demanda-t-elle.

— Ils m'ont fait une prise de sang. Il faut que j'y retourne mardi.

— Mais il ne t'a rien dit ?

— Il m'a demandé de lui expliquer comment je me sentais, mais il n'a rien dit.

— Rien du tout ?

— Non. Seulement qu'il fallait faire une prise de sang et qu'il fallait que je revienne mardi.

Sofia ne savait pas quoi penser.

Pourquoi le docteur Nkeka n'avait-il rien dit ? S'il avait voulu analyser son sang, c'était bien parce qu'il avait une idée derrière la tête.

La pluie se mit à tomber. Elles pressèrent le pas.

Le mardi suivant, elles sauraient de quoi souffrait Rosa.

Chapitre 13

Le temps avançait avec une lenteur désespérante.

D'habitude, quatre jours, ce n'était pas bien long. L'hospitalisation de Sofia lui avait appris la patience, mais cette fois l'attente lui paraissait difficile à supporter. En même temps, elle appréhendait ce mardi qui allait arriver. Tant que le docteur Nkeka n'avait pas donné le résultat de la prise de sang, la maladie de Rosa n'existait pas. Le mal dont elle souffrait pouvait tout aussi bien être bénin.

Le jeudi, quand les deux sœurs étaient rentrées du dispensaire, trempées jusqu'aux os, leur mère les attendait pour connaître le résultat de la consultation. En apprenant que le docteur voulait revoir Rosa seulement la semaine suivante, Lydia en avait conclu qu'il n'y avait rien d'alarmant. Elle se faisait facilement du mauvais sang. En revanche, elle n'avait pas la force de s'inquiéter à l'avance pour un chagrin qui n'était pas encore déclaré.

Sofia ignorait les sentiments profonds de sa sœur, mais elle savait qu'elle avait le même caractère que leur mère et qu'elle était capable d'oublier rapidement ce qui la tracassait pour passer à autre chose.

Vers la fin de la semaine, le mauvais temps s'intensifia.

Des pluies torrentielles s'abattirent sur le village. La cour se transforma en un champ de boue et Lydia se mit à avoir peur pour sa *machamba*. Le dimanche matin n'apporta aucune trêve et Lydia décida d'aller voir si ses cultures n'étaient pas inondées. Elle fut soulagée en constatant que le maïs et les légumes n'avaient subi aucun dommage. Mais comme la pluie continuait à tomber, le risque n'était pas fini pour autant.

Sofia profita de cette période pour raccommoder la chemise bleue.

Elle ne se mit pas à l'ouvrage tout de suite. D'abord elle réfléchit longuement pour trouver la meilleure manière de s'y prendre. Et le résultat fut réussi, bien meilleur qu'elle n'avait osé l'espérer. Elle soumit la chemise au jugement de Rosa, qui ne s'aperçut de rien, pas plus que Lydia. Peut-être avait-elle fini par effacer son imprudence. Parfois le soir, avant de s'endormir, elle repensait au Garçon de la lune. Elle avait du mal à distinguer son visage qui, dans ses rêves, restait toujours dans l'ombre.

Le matin, elle reprit sa conversation habituelle avec Maria.

Elle lui expliqua que Rosa avait vu le docteur et qu'il lui avait fait une prise de sang. Maria la regarda, mais elle ne dit rien.

« Il est possible que les morts connaissent l'avenir, pensa Sofia. Nous, les vivants, nous nous inquiétons parce que nous ignorons ce que le lendemain nous apportera. »

Le lundi matin, les nuages se dissipèrent enfin.

La cour était toujours détrempée, mais le soleil allait rapidement l'assécher. Rosa vérifia l'état de la route pour voir si Sofia pouvait l'emprunter. Ses jambes raides risquaient de s'enfoncer s'il y avait trop de boue. Mademoiselle Adelina savait que Sofia était incapable de se rendre à l'école après les grosses pluies.

La couche de boue était bien trop épaisse.

Sofia n'allait pas pouvoir se déplacer.

Comme elle n'irait pas à l'école, Sofia allait faire son travail à la maison. Elle s'installa sur le bord de son lit et sortit les livres de son sac à dos. À travers l'embrasure de la porte ouverte, elle vit Rosa, éclairée par un rayon de soleil. Elle était assise sur un tabouret et tenait dans sa main le miroir cassé. Elle observait son visage. Sofia ne pouvait pas penser que Rosa soit atteinte par la maladie.

Elle refoula ses pensées angoissantes en se disant qu'il fallait qu'elle prenne exemple sur sa mère : ne pas s'inquiéter à l'avance.

Tout d'un coup, Rosa l'interpella.

— Voilà monsieur Temba !

Sofia sursauta et fit tomber le livre qu'elle avait sur ses genoux.

Le moment décisif était arrivé.

Monsieur Temba entra et s'inclina devant Rosa.

— Cette fois, la pluie semble avoir cessé, dit-il poliment.

Il avait une belle manière de s'exprimer.

Il aimait beaucoup les mots et les traitait avec précaution. Il les prononçait lentement en les choisissant avec soin. Certains des villageois trouvaient que ça n'allait pas assez vite. Ça les énervait. Lydia, qui avait un débit très rapide, était de ceux-là.

Sofia attrapa la chemise bleue et alla à la rencontre de monsieur Temba qui s'inclina de nouveau.

— Je ne t'ai pas vue aller à l'école aujourd'hui, remarqua-t-il. J'espère ne pas te déranger en venant chercher ma chemise.

Sofia la lui tendit.

Monsieur Temba la tint devant lui et l'observa dans tous les sens. Le cœur de Sofia battait la chamade. Allait-il s'apercevoir de quelque chose ? Monsieur Temba avait l'air grave.

« Ça y est, il l'a remarqué ! se dit-elle. Il ne me donnera plus jamais de travail. Tous les gens du village sauront qu'on ne peut pas me faire confiance. Plus personne ne m'apportera de vêtements à raccommoder. »

Monsieur Temba était toujours aussi sérieux.

Sofia avait si peur qu'elle n'arrivait même pas à baisser les yeux.

— Tu as fait un excellent travail, finit-il par dire.

Sofia n'en crut pas ses oreilles. Pourtant, il semblait parfaitement sincère.

Il sortit quelques billets et les lui donna.

— Ce soir, je vais rendre visite à une personne qui compte beaucoup pour moi, dit-il. Alors, je vais mettre cette chemise.

Il s'inclina et s'en alla. Rosa pouffa de rire.

— Monsieur Temba va voir une de ses nombreuses femmes. Madame Mukulela aura encore une raison pour se mettre en colère. Elle se fâche quand il veut dormir chez elle et elle se fâche quand il va voir d'autres femmes.

En traversant la cour, toujours saturée d'eau, monsieur Temba posa ses pieds avec prudence.

« Il voit beaucoup de femmes, pensa Sofia en le suivant du regard. Il est possible qu'il ait déjà attrapé la maladie dangereuse sans que ça se voie. Comme Rosa, peut-être. »

Elle reprit ses livres d'école.

Mais elle était incapable de faire son travail. Dans son imagination, elle voyait Rosa sortir du cabinet du docteur Nkeka.

Cette nuit-là, Sofia fit de nouveau un rêve étrange :

Elle se rendait à la case de monsieur Temba pour lui rapporter un pantalon qu'elle venait de raccommoder. Elle frappait à la porte et un homme inconnu venait lui ouvrir. Bien qu'elle ne l'ait jamais vu auparavant, elle avait l'impression de le connaître. En fait, c'était son père, jeune. Il la priait d'entrer et fermait la porte derrière elle. Elle s'apercevait alors qu'il n'y avait pas de murs dans la case et qu'ils se trouvaient en fait au bord de la mer. Les vagues se brisaient contre la plage. Elle suivait son père jusqu'au bord de l'eau où il y avait plein de coquillages apportés par les vagues et il lui indiquait une île à peine visible dans la brume de chaleur.

— C'est là que j'habite, dit-il. Je voulais seulement que tu le saches.

Son père entra ensuite dans la mer, tout habillé. Quand l'eau lui arriva à la poitrine, il se retourna et lui fit un signe de la main. Puis il se mit à nager. Sofia le regarda s'éloigner parmi les vagues. Elle était très heureuse. Lentement, elle retourna vers la maison de monsieur Temba. Elle ouvrit la porte et tout redevint comme avant.

Elle se réveilla.

À ce moment-là, le coq de madame Mukulela se mit à chanter.

Rosa dormait encore. Sofia repensa à son rêve en s'interrogeant sur son sens. Les rêves contiennent toujours des messages cachés. Elle chercha à l'interpréter mais elle n'y voyait pas d'explication. Son père avait peut-être tout simplement voulu lui rendre visite ?

Sofia passa sa main sur les cheveux de sa sœur.

La veille, elle lui avait fait une nouvelle coiffure. Rosa voulait se faire belle pour aller voir le docteur Nkeka et elle lui avait demandé de faire des tresses disposées en étoile. Le résultat était magnifique.

Lorsque Rosa était allongée, la tête sur les genoux de Sofia, elle avait soudain posé une question.

— Tu crois que j'ai une maladie grave ?

— Mais non.

La réponse était trop courte, se voulant rassurante.

Mais Sofia ne pouvait tout de même pas dire à sa sœur qu'elle pensait qu'elle souffrait de cette terrible maladie qui s'attaquait sournoisement aux gens pour les tuer.

Elle ne le pouvait pas. Elle ne l'osait pas.

À une heure, comme prévu, Sofia attendit Rosa devant le dispensaire. Mademoiselle Adelina avait remarqué que Sofia avait de nouveau des problèmes de concentration, mais puisqu'elle en connaissait la raison, elle n'en avait rien dit.

Les derniers nuages d'orage avaient maintenant disparu.

Le soleil brillait dans un ciel parfaitement dégagé. Il faisait très chaud. Sofia s'abrita à l'ombre d'un arbre d'où elle voyait les garçons jouer au foot. Elle observa la rapidité et l'agilité de leurs pieds et essaya de se rappeler ce qu'on ressent quand on court et saute, mais elle n'y parvint pas.

Elle aperçut Rosa au loin.

Elle s'arrêta pour s'essuyer le front. Sofia constata que les tresses qu'elle lui avait faites la veille étaient réussies.

Elles entrèrent ensemble dans le dispensaire.

L'infirmière assise, une tapette à mouches à la main, fit un signe de tête en direction de la porte.

— Tu peux entrer, dit-elle à Rosa. Il n'est pas occupé.

La porte se referma.

Sofia s'assit sur la banquette bancale en plastique. Son cœur cognait dans sa poitrine et elle avait du mal à respirer. Sa tête était totalement vide.

Elle ne savait pas combien de temps elle avait attendu quand la porte s'ouvrit de nouveau.

Rosa apparut.

Chapitre 14

Très tard ce soir-là – c'était en fait en pleine nuit – Sofia alluma sa bougie pour écrire dans son journal. Elle était assise dans son lit. Rosa dormait à côté d'elle.

Je ne peux pas dire si je suis plus fatiguée que triste ou si j'ai surtout peur. Je ne sais pas lequel de ces sentiments prime sur les autres. Avant de connaître la vérité, quand j'avais encore de l'espoir, j'avais une grosse boule froide dans le ventre. Maintenant, j'ai froid partout. Même mes jambes, pourtant insensibles, sont gelées. Aujourd'hui, le docteur Nkeka a appris à Rosa qu'elle souffre de la maladie qu'on appelle le sida. Il lui a expliqué que c'est grave, mais qu'elle peut continuer à vivre longtemps encore, à condi-

tion de faire attention. Elle doit manger beaucoup de légumes, avoir des pensées joyeuses et occuper ses journées normalement. Lorsque j'écris ces lignes, il fait déjà nuit. La lune est cachée par les nuages. Je me sens seule. Et je ne sais pas ce qui est le pire : ma fatigue, ma peur ou ma très grande tristesse.

Sofia rangea son journal et éteignit la bougie.

La chaleur était suffocante. Le grondement sourd du tonnerre venait de très loin, peut-être du Swaziland, de l'autre côté des montagnes.

Sofia garda les yeux grands ouverts dans le noir.

Elle repensa au moment où elle avait vu Rosa sortir du cabinet du docteur Nkeka. Pendant un court instant, elle avait cru lire un certain soulagement sur le visage de sa sœur. Mais ce moment avait été fugace. Rosa s'était avancée vers Sofia, d'un pas saccadé et mécanique, comme si quelqu'un venait de lui faire peur. Avant qu'elle n'ait eu le temps de parler, le docteur Nkeka était venu les rejoindre. Il avait souri. Mais c'était un petit sourire découragé.

— Malheureusement, je peux seulement te présenter mes regrets, avait-il dit à Sofia. Ta sœur a une maladie grave. Il va maintenant falloir que vous vous entraidiez. Il n'y a rien d'autre à faire.

Elles avaient ensuite quitté le dispensaire.

Les larmes coulaient le long des joues de Rosa. Cloîtrée dans son angoisse, elle pleurait en silence. Sofia s'arrêta, lâcha ses béquilles et la serra dans ses bras. Rosa était devenue toute petite. Il ne restait plus rien de la belle fille pleine d'assurance qui avait oublié sa sœur devant la boutique de Hassan quelques jours auparavant.

— Je ne veux pas mourir, murmura-t-elle. Pas maintenant. Pas encore.

— Tu ne vas pas mourir. Personne ne va mourir. Surtout pas toi.

Sofia s'efforça de se maîtriser mais elle ne put contenir ses larmes.

Elle se mit à pleurer, elle aussi, silencieusement, comme sa sœur. Elles étaient là sur la route, deux petites filles serrées l'une contre l'autre sous le soleil brûlant, abandonnées par la vie.

— Tu ne vas pas mourir, répéta Sofia. Non, tu ne vas pas mourir.

Au bout d'un moment, elles reprirent leur chemin.

Petit à petit, par à-coups, comme si cela lui

demandait un trop gros effort, Rosa raconta ce que le docteur Nkeka lui avait dit. Il avait d'abord nerveusement changé quelques stylos de place, comme s'il ne savait pas par où commencer. Puis il lui avait demandé de s'asseoir avant de se lancer :

— La prise de sang nous montre que tu as une maladie contagieuse due au VIH. Tu sais ce que c'est ? Tu en as entendu parler ?

Rosa avait fait non de la tête.

— C'est un virus et il donne cette maladie qu'on appelle le sida. Ça te dit quelque chose ?

De nouveau, Rosa avait secoué la tête. En fait, Sofia lui avait parlé du sida et elle savait ce que c'était. Mais elle avait eu l'impression de se rendre invulnérable en niant tout en bloc.

Le docteur Nkeka lui avait expliqué :

— La maladie évolue par étapes, et toi, tu as atteint un stade intermédiaire.

Rosa n'avait pas bien compris ce que ça signifiait.

Puis, il lui avait posé un tas de questions difficiles.

Des questions que personne n'avait abordées avec elle jusque-là. Par exemple : « Quand as-tu eu des relations avec un garçon la dernière fois ? Avec combien de garçons as-tu couché ? Est-ce que l'un d'entre eux était malade ? »

Rosa avait failli partir en courant. Mais comme le docteur Nkeka était très ferme, elle avait expliqué qu'elle en avait connu quatre, pas plus, et qu'elle ignorait si l'un d'entre eux était malade. Elle dit qu'elle n'était en tout cas pas au courant. Il avait continué à lui poser des questions sans lui faire la morale et sans s'énerver et Rosa avait répondu avec sincérité.

Il avait semblé s'intéresser surtout à Steven.

Steven était originaire d'Afrique du Sud et avait vingt-cinq ans. Sofia le connaissait un peu. Il était le préféré de Rosa, mais il était retourné en Afrique du Sud et n'avait plus jamais donné de ses nouvelles. Selon le docteur Nkeka, la contamination venait probablement de lui.

Puis, il avait posé la question la plus difficile de toutes :

— Avez-vous utilisé une protection ?

Rosa savait à peine ce que c'était.

Tous les garçons que Rosa avait connus devaient maintenant se rendre au dispensaire pour une prise de sang. C'était très important, avait insisté le docteur Nkeka. Il fallait absolument éviter que d'autres ne soient contaminés. Puisqu'on ne sait pas si on est porteur de la maladie, on peut la transmettre à son insu.

Il lui avait ensuite donné des conseils :

— Il faut manger, dormir et vivre comme d'habitude et ne pas t'inquiéter inutilement. Tu reviendras me voir une fois par mois. Avant si tu ne te sens pas bien ou si la diarrhée persiste.

Pour finir, il lui avait donné quelques médicaments en expliquant comment les utiliser. Il l'avait prévenue qu'elle se sentirait mieux, mais qu'il ne s'agissait pas d'un remède qui la guérirait.

Rosa s'arrêta brusquement.

— Pourquoi faut-il mourir parce qu'on aime ? Je ne comprends pas l'intérêt de la vie.

Sofia n'avait pas de réponse à lui donner.

Elles marchèrent en silence.

En arrivant devant la boutique de Hassan, Rosa détourna les yeux. Sofia savait que c'était là qu'elle avait rencontré Steven pour la première fois.

Quand elles ne furent plus qu'à une centaine de mètres de la maison, Rosa s'arrêta de nouveau. Elle jeta un regard suppliant à Sofia.

— Je ne veux rien dire à Lydia, pas encore.

Je n'en ai pas la force. Ça peut attendre demain, non ?

— Bien sûr que ça peut attendre. Mais Lydia posera des questions et il faut trouver quelque chose à lui dire.

— Que l'analyse de la prise de sang n'était pas encore prête ?

— Non. Elle ne le croirait pas. Le docteur Nkeka est un homme fiable. Il respecte ses engagements.

Sofia s'aperçut que Rosa avait de nouveau les larmes aux yeux.

Elle était sur le point de s'effondrer.

— On lui dira que tu as mal au ventre et qu'il faut que tu y retournes parce qu'il n'a pas pu faire tous les examens.

Rosa accepta l'idée avec reconnaissance.

Lydia, qui était rentrée plus tôt que d'habitude de la *machamba*, les attendait à la maison.

Elle observa Rosa, l'air inquiet.

— Qu'est-ce qu'il t'a dit, le docteur ?

— Que j'ai mal au ventre.

— Ça, on le savait déjà. Il ne t'a pas dit pourquoi ? Si c'est grave ?

— Rosa doit retourner le voir, dit Sofia. Il a

aussi dit qu'elle ne doit pas trop parler et qu'il faut qu'elle se repose.

Lydia ne posa pas d'autres questions.

Rosa se recroquevilla sur le lit de Sofia. Elle serrait ses genoux entre ses bras comme pour garder la panique à distance. Sofia eut le cœur serré. La situation lui paraissait encore irréelle. Rosa allait mourir. Pas demain, ni la semaine suivante, mais bientôt. Beaucoup trop tôt. Elle avait de plus en plus de mal à refouler le désespoir qui brûlait en elle, comme si elle avait un accès de fièvre. Elle s'assit sur le bord du lit, sans rien dire, et posa sa main sur la tête de Rosa.

— Je ne veux pas mourir, murmura Rosa.

— Tu ne vas pas mourir.

Rosa n'avait pas faim et ne voulut pas rejoindre les autres pour le repas du soir.

— Il faut que j'aille voir Lydia, dit Sofia. Sinon elle se posera des questions.

Rosa, repliée sur elle-même, ne répondit pas.

Sofia sortit dans la cour.

La nuit commençait à tomber.

Elle regarda Lydia qui allait de nouveau perdre un enfant.

Mais pour l'instant, elle l'ignorait encore.

Un sentiment de grande solitude s'empara d'elle.

Elle avait toujours perdu les gens qu'elle aimait.

D'abord son père qui avait été tué par les Bandits. C'est vrai qu'il était revenu la voir, une nuit, pour lui montrer l'île où il vivait, mais ce n'était pas suffisant. Elle avait besoin d'un père vivant qui soit près d'eux et qui ait sa place devant le feu à côté de Lydia.

Puis Maria.

Elle revenait la voir tous les matins, très tôt, au moment où les rêves ne se sont pas encore totalement évanouis.

Tout au long de leur retour du dispensaire, Sofia avait cherché à se rappeler ce que Deolinda lui avait dit à l'hôpital. On pouvait vivre combien de temps déjà, après avoir attrapé la maladie ? Deolinda avait entendu parler de gens ailleurs dans le monde, des riches, qui vivaient très longtemps. Mais ils avaient accès à des médicaments très chers, ils pouvaient consulter les meilleurs médecins et leur vie était facile. Ce qui n'était pas le cas de Rosa. Sofia haïssait leur misère. Elle pensait aux personnes qu'elle voyait passer dans leur belles voitures aux vitres teintées et qui semblaient disposer d'une somme d'argent illimitée.

Sofia ignorait combien de temps Rosa avait encore à vivre.

Elle décida de se battre de toutes ses forces et aussi longtemps qu'il le faudrait pour qu'elle ne meure pas.

Ils prirent le repas du soir autour du feu.

Une seule fois, Lydia demanda à Sofia si elle connaissait la maladie de Rosa. Mais Sofia fit non de la tête. Elle ne voulait pas mentir à Lydia, mais elle ne pouvait pas faire autrement. Elle lui dirait la vérité le lendemain et elle appréhendait déjà ce moment difficile.

Ce soir-là, ils allèrent se coucher de bonne heure.

Une fois le silence installé dans la maison, Sofia sortit son journal pour lui confier ses pensées.

Au-delà des mots, elle découvrit une sensation plus forte que les autres. C'était un sentiment de manque, d'absence.

Le désir de ne plus être seule maintenant que Rosa était malade.

Le garçon sur la route, s'il avait pu exister réellement ! S'il avait pu l'aider à présent qu'elle avait tant besoin de lui !

Chapitre 15

Le jour suivant fut aussi difficile que Sofia l'avait craint.

L'aube commençait à poindre. Il ne pleuvait pas, mais de gros nuages recouvraient le ciel. Sofia s'était réveillée dans la nuit et s'était aperçue que sa mère n'était pas couchée. Ce n'était pas dans ses habitudes. Si elle ne dormait pas, c'était sans doute parce qu'elle était inquiète. Lydia s'attendait maintenant à apprendre la vérité et il n'y avait plus moyen de repousser ce moment pénible.

Il fallait lui dire que Rosa avait attrapé cette maladie grave dont personne n'avait le courage de parler.

Ils venaient de terminer le repas du matin.

Lydia était en train de se préparer pour aller à la *machamba* quand elle apprit enfin ce que le docteur Nkeka avait dit. C'est Rosa qui commença à parler mais, voyant les difficultés de sa sœur, Sofia prit rapidement la relève. Elle s'efforça de donner les renseignements aussi clairement que possible tout en cherchant à ménager sa mère. Lydia se figea en écoutant et ne prononça pas un mot.

Une réflexion, qui ressemblait à un petit oiseau inquiet, traversa l'esprit de Sofia : «Je suis beaucoup trop jeune pour avoir à dire des choses aussi difficiles à ma mère.»

Mais il n'y avait pas d'autres solutions.

Rosa était trop angoissée, trop désemparée. Il n'y avait que Sofia qui puisse expliquer la vérité.

Lydia posa sa binette. Faustino dormait déjà sur son dos. Alfredo était occupé à dessiner dans le sable, mais Sofia savait qu'aucun mot ne lui échappait. Personne ne savait écouter comme lui. Cela faisait partie de son caractère et il serait sans doute pareil adulte : quelqu'un qui parlerait peu mais qui posséderait le don de l'écoute.

Le regard de Lydia oscillait entre Rosa et Sofia.

— Il doit y avoir un médicament, dit-elle.

— Non, répondit Sofia, il faut continuer à vivre normalement, il n'y a rien d'autre à faire.

Soudain, Lydia en voulut à Rosa.

— Je te l'avais bien dit, cria-t-elle. Je t'avais dit qu'il ne fallait pas que tu sortes autant le soir. Et voilà le résultat. Pourtant, je t'avais prévenue !

Rosa baissa la tête. Sofia chercha à croiser le regard de Lydia pour lui faire comprendre que sa colère n'allait rien arranger.

— On ira voir un *curandeiro**, conclut Lydia. On ira voir monsieur Nombora. Il paraît qu'il sait guérir cette maladie.

Sofia avait déjà entendu parler de monsieur Nombora.

Il habitait dans un des villages situés plus à l'ouest. Devant sa maison, il avait installé une pancarte dont on avait beaucoup parlé dans le voisinage :

Docteur Nombora soigne le sida pendant que son frère répare votre vélo.

Sofia ne savait pas quoi en penser.

Pendant son long séjour à l'hôpital, elle avait eu le temps de discuter avec de nombreux

* Médecin local.

malades. Beaucoup d'entre eux étaient venus se faire soigner après avoir vu un curandeiro. Ils avaient demandé son aide pour un mal dont ils souffraient, mais au lieu de s'améliorer, leur état s'était aggravé. Finalement, ils avaient été obligés de se faire hospitaliser.

Sofia respectait les *curandeiros*, les sorciers, tout en les craignant. Ils voyaient ce que les autres ne voyaient pas. Ils savaient guérir certaines maladies, mais ils pouvaient tout aussi bien les provoquer. Il fallait faire attention de ne pas s'attirer leur hostilité. Sofia avait du mal à faire la part des choses. À l'école, on disait qu'aucun *curandeiro* n'était capable d'utiliser des forces surnaturelles. Sofia n'en était pas absolument convaincue. Quant à Lydia, elle faisait autant confiance aux *curandeiros* qu'au docteur Nkeka.

— Demain, on ira voir monsieur Nombora, insista-t-elle.

Puis, en s'adressant à Sofia :

— Tu as encore l'argent que monsieur Temba t'a donné ?

— Oui.

— On en aura besoin pour payer monsieur Nombora.

Sofia hésita. Non pas parce qu'elle voulait

garder l'argent pour elle, mais elle n'était pas sûre que ce soit bien d'emmener Rosa voir monsieur Nombora. Le docteur Nkeka avait dit qu'il n'existait aucun remède.

— On ferait peut-être mieux d'attendre un peu, essaya-t-elle.

— Pourquoi donc ?

Sofia n'avait pas de réponse valable à donner.

— Je veux aller voir monsieur Nombora, dit Rosa. Je veux guérir.

Ce n'était pas la peine de s'opposer.

Si Lydia et Rosa avaient pris une décision, la parole de Sofia ne pesait pas lourd. Et il ne fallait pas négliger la possibilité, même si elle était infime, que monsieur Nombora puisse aider Rosa. Impossible de le savoir à l'avance. Mais Sofia craignait que l'état de Rosa n'empire si monsieur Nombora lui donnait un de ses petits flacons au contenu inconnu.

La conversation était terminée.

Sofia eut soudain des nausées. Elle n'arrivait plus à contrôler toute l'angoisse qu'elle avait accumulée. Elle se précipita vers un arbre pour vomir.

— Toi aussi, tu es malade ? s'inquiéta Lydia.

— Ça va mieux maintenant. Je me sens très bien.

Mais, Sofia eut d'autres malaises durant la journée.

Il fallait du temps pour évacuer l'anxiété qu'elle avait enfouie en elle.

Rosa était en train de sarcler le petit champ.

Elle chantait tout en retournant la terre pour débarrasser les plants de maïs des mauvaises herbes. Sofia avait décidé de ne pas aller à l'école tant que ses nausées persistaient. Elle regarda Rosa, heureuse de constater qu'elle suivait le conseil du docteur Nkeka. Au lieu de s'enfermer dans sa détresse, elle continuait à travailler et à chanter. *À vivre comme d'habitude.*

Lydia était partie à la *machamba.*

Avant de s'en aller, elle avait raconté un événement insolite qui s'était produit dans la matinée. Elle avait eu un fou rire, comme quand elle était jeune. Manifestement, tout le monde avait besoin de se détendre et d'écarter pour un instant les pensées douloureuses.

— Ce matin, j'ai vu monsieur Temba sortir de la case de madame Mukulela, avait-elle dit.

Rosa et Sofia avaient tendu l'oreille. Monsieur

Temba avait donc fini par vaincre la résistance de madame Mukulela.

— Il t'a vue ? avait demandé Rosa.

— Non, j'avais le dos tourné, mais ça m'intéresse de voir s'il y aura une suite.

— Il était comment ?

La question était encore venue de Rosa, qui semblait momentanément avoir oublié sa maladie.

— Sa chemise était déboutonnée, avait dit Lydia en faisant un grand sourire. Elle était bleue. Je me demande si ce n'était pas celle que Sofia a réparée.

— Il m'a bien dit qu'il devait aller voir quelqu'un, avait fait remarquer Sofia, mais pas que c'était madame Mukulela.

Un peu plus tard, madame Mukulela était apparue sur le seuil de sa case alors que monsieur Temba était déjà installé devant sa porte en train de fabriquer ses paniers. Lydia, Rosa et Sofia les avaient observés du coin de l'œil. Elles les avaient entendus se saluer et échanger quelques phrases de politesse concernant le temps.

— Tiens, monsieur Temba ne se plaint pas du coq aujourd'hui, avait fait remarquer

Sofia, et pourtant il n'a pas arrêté de chanter cette nuit.

Puis, elles avaient pouffé de rire, toutes les trois. Même Sofia avait réussi à penser à autre chose qu'à la maladie de Rosa.

Dans l'après-midi, Rosa alla retrouver Sofia qui était en train de nettoyer sa machine à coudre.

— Le docteur Nkeka m'a dit d'être prudente. À ton avis, qu'a-t-il voulu dire par là ?

Sofia comprit immédiatement ce que sa sœur avait en tête et qu'elle feignait ne pas comprendre. Il ne fallait pas qu'elle ait de relations avec des garçons sans prendre les précautions nécessaires.

Elle risquait de les contaminer, comme elle avait été contaminée elle-même, peut-être par Steven. Elle devait faire attention et il fallait absolument que le garçon utilise un préservatif.

Sofia n'était pas certaine que Rosa sache ce que c'était.

Elle tendit la main pour attraper un des sacs en plastique où elle rangeait ses affaires. Quelques mois auparavant, des personnes de la capitale étaient venues à l'école pour les informer sur cette grave maladie et sur les moyens de s'en protéger. Elles avaient fait le tour des différentes classes et parmi les élèves gloussants, elles avaient montré un préservatif en expliquant comment s'en servir. Avant de repartir, elles en avaient offert un paquet à chacun des élèves. Après l'école, beaucoup d'entre eux s'étaient amusés à gonfler les préservatifs comme des ballons, mais Sofia avait rangé le paquet dans son cartable.

C'était maintenant une occasion toute trouvée pour l'ouvrir. Elle montra un préservatif à Rosa en cherchant à lui faire comprendre son utilité. Sa sœur était gênée. Ce n'était pas une explication facile à donner, surtout parce qu'il fallait parler de certaines parties du corps de l'homme.

— Grâce à ce truc, ce qui sort n'entre pas, dit Sofia.

— Je ne comprends rien.

— Tu n'entends pas ce que je dis ? Ça empêche ce qui sort d'entrer.

— Tout à l'heure tu n'a pas dis ça. Tu as dit : « Grâce à ce truc, ce qui sort n'entre pas. »

— C'est bien ce que je viens de dire.

— Pas du tout. Tu viens de dire : « Ça empêche ce qui sort d'entrer. »

— C'est pareil !

— Je ne comprends pas.

— Tu sais bien comment on fait des enfants ?

— Évidemment.

— C'est justement ce qui sort de l'homme qui peut apporter la maladie. S'il utilise un truc comme ça, le danger est éliminé.

— Mais puisque je suis déjà contaminée.

— Si ce qui sort n'entre pas, rien d'autre ne peut entrer.

— Quoi ?

Sofia secoua la tête. Elle ne savait pas comment faire pour que son explication soit plus claire.

— Bon, l'essentiel, c'est que tu ne contamines personne. Prends ce paquet. Si tu rencontres un garçon, arrange-toi pour qu'il s'en serve.

— Toi, tu l'as déjà fait ? demanda Rosa.

Sofia fit non de la tête. Elle ne comprenait pas pourquoi Rosa lui posait cette question. Si elle avait eu un petit ami, elle le lui aurait dit. Forcément.

Rosa s'en alla en emportant le paquet.

Sofia retourna à sa machine à coudre. Elle attendait avec impatience que cette journée se termine. La maladie de Rosa ne serait pas finie pour autant, mais au moins ce jour tant appréhendé serait passé.

« La vie est vraiment incompréhensible », se dit elle.

Pourquoi fallait-il que tout soit si difficile ?

Elle décida de reprendre son habitude de contempler les flammes. Peut-être y trouverait-elle une explication.

— Tout compte fait, le feu est sans doute mon meilleur ami, conclut-elle.

Chapitre 16

Encore un mois passa.

À présent, la saison des pluies était bien là. La boue qui recouvrait la route empêchait souvent Sofia d'aller à l'école. La rédaction de son journal était devenue une habitude qui relevait de la même nécessité que de manger et dormir.

Un mois jour pour jour après la visite chez le docteur Nkeka, Sofia écrivit :

Aujourd'hui je me suis pesée sur la balance de madame Mukulela. Je me demande si elle dit juste. Si c'était le cas, elle devrait se casser quand madame Mukulela monte dessus. Elle doit frôler les 500 kg. C'est du moins ce que dit Lydia quand, pour une raison ou pour une autre, elle en veut à madame Mukulela. Moi, je fais 54 kg toute habillée, mes jambes comprises. 48 kg sans les jambes. Je mesure 159 cm. C'est madame Mukulela qui m'a mesurée. La dernière fois, c'était 158 cm. (Je n'ai pas envie de connaître la taille que je fais sans jambes. En réalité, je suis maintenant plus petite qu'Alfredo.)

Rosa ne va ni mieux ni moins bien, mais elle a la force de travailler un peu tous les jours. Il lui arrive de rester couchée ou de se retirer dans l'ombre pour être seule. Elle ne va plus jamais à la boutique de Hassan. Pourtant, je crois que ses journaux lui manquent. Lydia n'arrête pas de lui dire d'aller voir monsieur Nombora. Moi, je trouve qu'elle devrait lui fiche la paix tant que Rosa ne s'est pas elle-même décidée à y aller. C'est quand même elle qui est malade et la première concernée. Lydia est une bonne mère, mais j'espère que je serai un peu moins sur le dos de mes enfants, le jour où je serai mère à mon tour.

Le garçon sur la route n'est jamais revenu. Encore aujourd'hui je suis incapable de dire si notre rencontre était un rêve ou non. De temps en temps, j'ai l'impression qu'il est en moi et ça me fait rougir, même quand je suis toute seule.

Ce mois a été particulièrement long. Moi, qui n'arrive pas à empêcher mes pensées de vaga-

bonder, j'ai bien réussi mon dernier contrôle de géo. Je ne comprends pas comment. Mademoiselle Adelina est gentille. Elle me demande souvent des nouvelles de Rosa. Quand je lui ai appris de quelle maladie elle souffrait, mademoiselle Adelina s'est mise à pleurer. Puis, elle m'a dit qu'un de ses frères avait attrapé la même maladie. C'est elle qui m'a offert le crayon dont je me sers pour écrire ces lignes. J'aimerais tant avoir un stylo. Mais nous n'en avons pas les moyens, même si ce n'est pas très cher.

Lydia était furieuse hier en rentrant. Peut-être avait-elle, en fait, surtout peur ? (Des gens pauvres comme nous, n'ont pas vraiment le droit à la colère. Seulement à la peur.) Elle m'a raconté qu'un homme de la capitale était venu dans une grosse voiture noire aux vitres opaques. Il s'appelait monsieur Bastardo – un nom qui lui allait bien, selon Lydia – et il était très gras. Il a traversé le champ, sans faire attention à l'endroit où il posait ses grands pieds, et il a dit qu'il allait sans doute acheter le terrain. Lydia et les autres femmes ont protesté en essayant de lui expliquer que ce champ était à elles et qu'elles n'auraient rien pour vivre s'il le leur prenait. Monsieur Bastardo s'est mis en colère en disant qu'il s'en moquait. Puis il est reparti. Lydia a peur que quelqu'un vienne lui prendre sa terre, qui pour elle est comme une pierre précieuse. Elle craint toujours qu'on la lui vole. Comme si les voleurs pouvaient emporter sa terre aussi facilement ! Quoi qu'il en soit, elle a dit qu'elle ne changerait pas de place. (Je sais que ce n'est pas très clair ce que je viens d'écrire. Je ne m'exprime pas suffisamment bien pour que je comprenne moi-même. Mais tant pis, je n'ai pas le courage d'effacer et de recommencer.)

Hier, pour la première fois depuis la maladie de Rosa, j'ai bien aimé mon visage quand je me suis regardée dans la glace. C'est comme si tout ce que je faisais et ressentais m'empêchait de m'aimer. Mais hier, c'était différent. Je ne sais pas pourquoi.

Le soir, je reste souvent devant le feu à regarder les flammes. Comme quand j'étais petite. Maintenant, je n'essaie plus d'y voir des secrets. Je cherche au contraire à trouver une réponse à ce que je ne comprends pas. Pourquoi a-t-il fallu que Rosa tombe malade ? Je me demande si je le saurai un jour.

L'événement le plus amusant ce mois-ci, c'est que monsieur Temba s'est installé chez madame Mukulela. Ils se disputent tous les jours à pro-

pos du coq, mais je crois qu'ils s'aiment beaucoup.

Sofia écrivait le soir, quand tout le monde dormait.

La bougie éclairait le visage de Rosa sans la réveiller. Sofia avait inventé un code secret pour rédiger les passages qu'elle voulait garder pour elle. Si elle mourait, celui qui retrouverait son journal serait ainsi incapable de les déchiffrer. Son code était simple. Une phrase comme « de temps en temps, j'ai l'impression qu'il est en moi », devenait « eed sppmet nee sppmet iaa"j nooisserpmi"l lii'uq tsse nee y ».

À plusieurs reprises, Sofia avait demandé à Rosa de dormir dans le lit, mais Rosa préférait continuer à être par terre par ce qu'il y faisait plus frais. Une seule fois, elle avait accepté la proposition de Sofia, mais cette nuit-là elle avait soudain eu très peur de l'avenir. Peur de mourir.

Sofia rangea le journal, souffla la bougie et se trouva une bonne position dans le lit. Les cigales chantaient dans la nuit. Elle avait souvent l'impression que c'était un orchestre en train de répéter. Un beau jour, toutes ces cigales finiraient bien par se mettre à l'unisson pour que le concert puisse enfin avoir lieu.

La chaleur était accablante.

Sofia avait rebouché les trous dans la moustiquaire déchirée à l'aide de quelques bouts de tissu pour pouvoir garder la fenêtre ouverte. Pendant la saison des pluies, le paludisme sévissait à cause des moustiques qui pullulaient dans les flaques d'eau. Avant de s'endormir, Sofia les guettait dans le noir pendant que ses pensées tournaient dans sa tête.

Le lendemain, elle se réveilla en sursaut.

Il faisait jour et Rosa était déjà partie. Sofia s'étonna d'avoir dormi aussi longtemps. Elle s'assit et attacha ses jambes. Ce matin, elle n'avait pas le temps de bavarder avec Maria.

Il pleuvait.

Les gouttes tambourinaient contre le toit. Sofia se leva pour jeter un coup d'œil par la fenêtre. Le chemin était recouvert de boue et elle ne pourrait donc pas aller à l'école. Elle soupira et continua à s'habiller pendant qu'un lézard l'observait de ses yeux ronds et fixes. Derrière la porte ouverte, elle aperçut Rosa et Alfredo dans le cagibi qui servait de cuisine. Lydia était partie avec Faustino. Malgré le temps et bien que tout travail y soit impossible, elle était allée à la *machamba*. C'était certainement pour protéger sa terre, pour empêcher que ce Bastardo vienne dans sa grosse voiture se l'accaparer.

Alfredo lui fit un signe de la main.

Elle répondit en soulevant sa béquille.

— Tu veux manger ? cria Rosa.

Alfredo traversa rapidement la cour détrempée pour lui apporter une assiette de bouillie de maïs. Elle était chaude et sentait bon. Rosa était une excellente cuisinière.

Sofia attrapa le tabouret et s'assit.

Le matin, elle avait toujours faim. Alors qu'elle mangeait, elle eut tout à coup le sentiment que quelque chose allait se passer. Elle ne savait pas quoi. C'était juste une vague impression qui prenait forme en elle et qu'elle reconnaissait. Elle avait ressenti la même chose le jour où Rosa avait lâché sa binette pour la première fois : l'impression qu'un événement important allait se produire..

Elle faillit avaler de travers.

« Oh non ! se dit-elle effrayée. Je n'en ai plus la force. Il ne faut pas que quelque chose de terrible nous arrive encore. »

Cette fois-ci, la sensation était cependant un peu différente, moins forte. À l'intérieur d'elle, une voix chuchota : *Ce n'est rien d'effrayant.*

C'est au contraire, quelque chose de passionnant, d'inattendu !

Elle appela Alfredo pour qu'il vienne chercher l'assiette vide. Le sol était glissant et il faillit tomber, ce qui fit rire Rosa. Sofia était à l'affût de son rire. La joie et la tristesse de sa sœur ponctuaient désormais leur existence. Les jours qui ne contenaient pas son rire leur semblaient difficiles. Mais ce jour-là était donc prometteur puisqu'il avait bien commencé.

« Quelque chose d'inattendu, songea Sofia. Quelque chose de passionnant. C'est exactement ce dont j'ai besoin un jour comme aujourd'hui où il n'arrête pas de pleuvoir et où le soleil n'a pas envie de se montrer. »

Elle se leva et retourna dans la chambre.

Elle s'installa sur le lit avec ses livres tout en récapitulant ce qui était prévu au programme de l'école ce jour-là. C'étaient surtout des maths, sa matière préférée. Elle était parmi les meilleurs de sa classe et les autres élèves lui demandaient souvent son aide. Il était même arrivé que mademoiselle Adelina lui demande de la remplacer car elle était souffrante et dans l'impossibilité d'assurer elle-même le cours. Pour Sofia, cela avait été un des grands moments de sa vie.

Quelques semaines auparavant, elle avait établi la liste des dix meilleurs jours de sa vie. Celui où mademoiselle Adelina lui avait confié la responsabilité de la classe, occupait la troisième place. Il était précédé par celui où, pour la première fois, elle avait réussi à marcher avec ses prothèses. En première position venait le jour où elle avait vu le Garçon de la lune sur la route bleue. Comme elle voulait garder ce classement pour elle, elle s'était servie de son code secret pour l'écrire dans son journal.

Plus tard, elle ferait une liste semblable pour les plus mauvaises journées. En premier, elle marquerait, bien entendu, le jour où elle avait marché sur une mine et où Maria était morte. Le deuxième serait quand elle s'était réveillée à l'hôpital avec des souffrances atroces et quand elle avait compris qu'elle n'avait plus de jambes.

Cette liste serait longue.

Les événements à y inscrire ne manquaient pas.

Sofia se remit à ses devoirs.

À chaque fois qu'elle entendait le rire de Rosa, cela lui faisait chaud au cœur.

Soudain, Rosa apparut sur le seuil.

Elle tenait un paquet à la main. Un objet enveloppé dans du papier bleu.

— C'est pour toi, dit-elle.

— Qu'est-ce que c'est ?

— Je ne sais pas.

— Qui te l'a donné ?

— Une fille qui est entrée dans la cour. Elle m'a dit que c'était pour toi. Des vêtements à raccommoder.

— Elle s'appelait comment ?

— Fransina.

— Fransina comment ?

— Elle ne l'a pas dit.

— Mais comment je vais faire pour savoir à qui ils appartiennent ?

— Elle m'a dit que tu étais au courant.

Surprise, Sofia posa ses livres et ouvrit le paquet. En voyant le contenu, elle fut décontenancée et resta bouche bée.

— Qu'est-ce qu'il y a ? demanda Rosa intriguée.

— Rien. Tu ferais mieux d'aller surveiller Alfredo.

Rosa s'en alla.

Sofia ne lâcha pas le paquet du regard. Elle n'en croyait pas ses yeux. Puis elle prit un pull et l'approcha de son visage.

Il sentait la cannelle.

Chapitre 17

Sofia n'arrivait pas à s'endormir.

Ce n'était pas l'inquiétude qui l'en empêchait, c'étaient la joie et l'espoir. Pendant les longues heures où elle chercha le sommeil, elle se sentit à des moments un peu honteuse, honteuse d'être joyeuse alors que Rosa était gravement malade et n'en avait peut-être plus pour longtemps à vivre.

Mais elle n'y pouvait rien.

C'était à cause du paquet de vêtements qui sentait la cannelle. Le Garçon de la lune était revenu. Ou du moins, il avait envoyé un message. Sa véritable identité restait toujours un mystère mais pour l'instant, le plus important, c'était d'apprendre qu'il n'appartenait pas seulement à un rêve. Il existait réellement. Et il lui avait envoyé des vêtements pour qu'elle les raccommode. Ça signifiait qu'il viendrait un jour les chercher. À moins qu'il en charge Fransina, mais dans ce cas, Sofia s'adresserait à elle pour avoir des explications.

Sofia avait examiné le contenu du paquet.

Elle y avait trouvé des pulls, deux chemises et un pantalon avec un trou au genou. Si elle avait eu du fil, elle aurait commencé le travail aussitôt, mais elle avait fini son stock en réparant les chemises de monsieur Temba.

Elle n'arrêtait pas de se retourner dans son lit pendant que les heures défilaient.

Il ne pleuvait plus. La nuit était remplie de coassements de grenouilles et de chants de cigales. Un oiseau de nuit poussa un cri strident qui rompit la monotonie. Sofia n'avait plus la patience de rester couchée. Elle s'assit, attacha ses jambes et enfila une robe avant de quitter la chambre.

Lydia ronflait dans la pièce voisine.

Sofia sourit en l'entendant. Personne ne ronflait comme elle. Sofia poussa prudemment la porte et sortit. La cour était boueuse et glissante. Elle osa s'éloigner de la case seulement de quelques pas en faisant bien attention aux endroits où elle posait ses pieds. La couche de nuage s'était déchirée, laissant apparaître la lune. Celle-ci n'était pas encore entièrement pleine mais elle était suffisamment lumineuse pour envelopper le paysage de sa lumière bleue.

Sofia scruta la route.

Elle était vide, bien sûr. Elle ne s'était pas non plus attendue à voir le garçon. Il lui avait envoyé un paquet qu'il viendrait forcément chercher un jour et c'était assez pour qu'elle se sente heureuse. Si jamais il ne venait pas personnellement, Sofia aurait quand même des indications sur son identité.

Au début, elle l'avait appelé Sergio.

Puis Zé. Elle se demanda quel était son véritable nom.

Elle eut tout juste le temps de constater que les ronflements de Lydia avaient cessé quand la porte s'ouvrit.

Lydia apparut sur le seuil, comme une ombre bleue.

— Qu'est-ce que tu fais ? demanda-t-elle.

— Je n'arrivais pas à dormir.

— J'ai fait un rêve si étrange et si confus, poursuivit Lydia. Alors que j'arrivais un matin à la *machamba*, j'ai trouvé des singes en train de manger mes légumes. Quand j'ai voulu les chasser, des ailes leur ont poussé dans le dos et ils se sont envolés. Je me demande d'où peuvent bien venir tous ces rêves bizarres.

Lydia bâilla.

Puis elle regarda Sofia. Son air préoccupé s'effaça pour céder la place à un sourire affectueux.

— On dirait que tu es amoureuse, dit-elle. J'ai raison? Ça expliquerait que tu n'arrives pas à dormir. Quand j'avais ton âge, c'était pareil pour moi.

Sofia ne répondit pas. Lydia répéta sa question.

— Alors, tu es amoureuse, oui ou non?

— Non.

— Je crois ce que je vois. Mais je ne vais plus t'embêter. Si tu n'as pas envie de raconter, c'est ton droit.

Lydia bâilla de nouveau.

Puis elle éclata de rire.

— Je me souviens quand j'avais ton âge. Je venais de rencontrer l'homme qui est devenu ton père. Moi non plus, je n'arrivais pas à dormir.

Sofia aurait préféré rester seule avec ses pensées.

Ça l'avait d'abord agacée que Lydia vienne. Mais quand sa mère avait commencé à lui parler de son père, elle avait absolument voulu entendre la suite.

— C'était comment ? demanda-t-elle.

— Quoi donc ?

— Quand tu as rencontré mon père.

— J'avais ton âge. On ne peut pas dire qu'il était particulièrement beau. En plus, il se mettait toujours à avoir le hoquet quand il était gêné.

— À avoir le hoquet ?

— Oui, comme les vieux qui ont trop bu. Ce n'était donc pas ce qu'on pourrait appeler un prince charmant, mais ça ne m'a pas empêchée de l'aimer. Immédiatement.

— Pour quelle raison ?

— Il était gentil. Et je n'avais pas à craindre qu'il ne m'aime pas. Pour moi, c'était l'essentiel. En plus, son père n'était pas complètement démuni. Il possédait quelques vaches et quelques bœufs.

Sofia était contente d'apprendre ce que Lydia venait de lui dire et dont elle n'avait jamais entendu parler avant cette nuit.

Ça ne lui était même pas venu à l'esprit que sa mère ait pu être aussi jeune qu'elle.

— Quand tu avais notre âge, à qui ressemblais-tu le plus ? À moi, à Rosa ou à Maria ?

Lydia réfléchit un instant.

— Je crois que Maria et toi, vous êtes surtout du côté de votre père. Rosa et moi, nous avons le même visage.

— Alors, tu as dû être très belle.

Lydia lui fit de gros yeux.

— Que veux-tu dire par là ? Tu ne me trouves pas belle maintenant ?

— Ce n'est pas ce que j'ai voulu dire.

Lydia rit.

— Je comprends très bien ce que tu veux dire. Le temps passe si vite ! La vie avance à toute allure et un beau matin on se réveille vieille et usée. Mais je me souviens que je n'arrivais pas à dormir, moi non plus, quand j'ai fait la connaissance de ton père.

Sofia regarda le visage de sa mère au clair de lune.

À présent, elle le voyait d'une autre manière. Derrière les rides, il y avait encore les traces d'une toute jeune fille.

— Ç'a été les moments les plus heureux de ma vie, poursuivit-elle, avec la naissance de mes enfants. Quand on est jeune et amoureuse, la vie est un cadeau fantastique.

Sofia voulut en savoir plus sur son père.

Mais Lydia fit non de la tête. Elle avait besoin

de dormir pour avoir le courage d'affronter la longue journée qui l'attendait le lendemain à la *machamba*. En plus, elle devait accompagner Rosa chez le curandeiro Nombora. Sofia ne savait toujours pas quoi penser de cette visite. Mais, dans le fond, ça n'avait plus aucune importance puisque Rosa et Lydia avaient pris leur décision.

Lydia rentra se coucher.

Les ronflements reprirent rapidement. Sofia décida de noter ce qu'elle venait d'apprendre sur son père et aussi ce que sa mère lui avait dit au sujet de l'amour. « La vie est un cadeau fantastique. »

Le lendemain, elle écrivit dans son journal :

Je n'ai pas réussi à dormir cette nuit. Je suis sortie. Des grenouilles. Lydia est arrivée. M'a parlé de papa. Des choses que je ne savais pas. Quand je me regarde dans la glace, je peux voir les traits de son visage. Je lui ressemble. Maria aussi. C'est Lydia qui me l'a dit. Elle m'a aussi dit que la vie est un cadeau fantastique quand on est amoureux. Mais elle ne m'a pas expliqué par qui ce cadeau est offert. Encore un mystère que je vais chercher à comprendre en observant les flammes.

Sofia avança prudemment.

Elle s'accroupit pour faire pipi.

Elle avait appris à prendre appui sur ses béquilles et à garder une jambe droite pour ne pas perdre l'équilibre. Puis, elle se remit debout grâce à la force de ses bras.

Elle se dirigea vers la route.

« Il y a toujours un endroit où un chemin commence, se dit-elle, et un autre où il se termine. Ceux qui construisent les routes ont de la chance. Ils connaissent ces endroits et ils savent ce qui se passe derrière les montagnes. »

Elle s'arrêta. Se raidit. Au milieu de la route, à un mètre devant ses pieds, il y avait un serpent. Tout d'abord, elle crut que c'était une branche. Mais rapidement elle réalisa que c'était bien un serpent et qu'il était vivant. Elle retint son souffle. Elle savait que les reptiles ont une mauvaise vue et qu'il ne faut pas bouger si on se trouve à proximité d'eux. Mais c'est plus facile à dire qu'à faire. Elle avait surtout envie de faire un bond en arrière et de s'en aller en courant.

Le serpent ne bougeait pas.

Il était noir et long de près de deux mètres. Sofia savait que c'était un cobra, capable de tuer un homme avec son venin. Malgré sa peur, elle réussit à rester immobile. Au moindre mouvement, il pouvait l'attaquer.

Que faire ?

La seule solution c'était de ne pas bouger et d'espérer qu'il s'en aille.

Il se déplaça légèrement.

« Pourvu qu'il n'entende pas les battements de mon cœur ! »

Il s'arrêta en prenant la forme d'une lettre. La lettre « N ».

« Nombora, se dit-elle. Le serpent est venu me dire que monsieur Nombora attend. »

Elle avait du mal à croire que certaines personnes aient des serpents comme messagers. Même si c'étaient des sorciers.

Le serpent se mit à avancer, cette fois-ci vers le bord de la route, pour finalement disparaître dans l'herbe. Sofia respira profondément.

« Nombora attend Rosa. Voilà la signification de cet incident. »

Le lendemain, Alfredo était malade.

Il avait mal au ventre. Lydia décida de ne pas aller à la *machamba*.

« Il faudrait que ce soit toi qui accompagnes Rosa chez monsieur Nombora », dit-elle.

Sofia ne dit rien au sujet du serpent. Monsieur Nombora était probablement aussi à l'origine de la maladie d'Alfredo. Il voulait sans doute empêcher Lydia d'accompagner Rosa.

Rosa et Sofia quittèrent le village peu après dix heures.

Le ciel était clair.

Sofia était inquiète. Elle n'était pas certaine que ce soit une bonne idée de consulter ce monsieur Nombora.

Chapitre 18

Avant de savoir qu'elle accompagnerait Rosa chez monsieur Nombora, Sofia avait confié quelques réflexions à son journal.

C'est le matin. Rosa dort. Le coq de madame Mukulela n'a pas encore chanté. À moins que j'aie eu le sommeil trop lourd pour l'entendre. Je ne sais pas. Il se peut aussi que monsieur Temba ait réussi à imposer sa volonté. Si c'est le cas, ce coq me manquera. C'est tout de même étonnant que quelqu'un qui vous a tant énervé finisse par vous manquer ! En me réveillant, j'étais à la fois triste et heureuse. Je sais que j'ai fait un rêve cette nuit mais je ne me souviens pas de son contenu. La première chose à laquelle j'ai pensé en ouvrant les yeux, c'était au serpent.

Peut-être avait-il figuré dans mon rêve. Il faudrait que je raconte à Lydia que je l'ai vu cette nuit sur la route. Mais elle risque de me demander ce que j'y faisais à une heure pareille. Alors, tout compte fait, je préfère ne pas en parler. Voilà, j'arrête là. Je n'ai plus rien à dire.

Le temps était chaud et humide.

Rosa et Sofia étaient en route pour le rendez-vous avec monsieur Nombora. Elles étaient toutes les deux ruisselantes de sueur. Sofia vérifia que l'argent était bien en sécurité dans son chemisier.

Marcher à côté de Rosa n'était pas chose facile.

Elle changeait sans cesse de rythme. De temps en temps elle courait presque et à la seconde suivante elle marchait très lentement, à tout petits pas. Sofia décida de ne rien dire. Elle savait que Rosa appréhendait ce qui l'attendait. Les sorciers étaient des gens imprévisibles. Ils pouvaient être aimables, mais ils pouvaient tout aussi bien se mettre à hurler. Il y en avait qui guérissaient les malades à coups de gifles.

Rosa s'arrêta et s'essuya le front.

— Qu'est-ce que vous faisiez cette nuit, toi et Lydia ?

— Tu nous as entendues ?

— Je me suis réveillée. Vous étiez en train de discuter dans la cour.

— J'avais besoin de faire pipi. On est restées ensemble quelques minutes pour regarder la lune.

— Vous avez parlé de moi ?

La question était nette et brutale et la voix de Rosa étonnamment dure.

— Qu'est-ce qui te faire croire ça ?

— Parce que vous avez parlé très bas.

— Mais non. Tu as eu cette impression parce qu'on était dehors.

— Et qu'est-ce que vous avez dit sur moi ?

La voix de Rosa était toujours aussi tendue.

— Nous n'avons pas parlé de toi.

Sofia était parfaitement sincère, mais Rosa ne l'écoutait pas.

— Vous avez parlé de moi, insista-t-elle. De ma mort. Mais vous avez tort. Je ne vais pas mourir. Je vous survivrai, à vous tous. Monsieur Nombora va me guérir. C'est marqué sur sa pancarte.

La colère de Rosa surprit Sofia.

Elle était due à son désespoir, c'était évident. Mais il lui fallut un moment pour comprendre que la réaction de Rosa venait aussi d'un sentiment de revanche. Elle était réellement convaincue que monsieur Nombora allait la sauver.

— Pourquoi tu te fâches comme ça?

Sofia regretta immédiatement sa question.

— Si tu étais malade comme moi, tu ne te fâcherais pas, toi?

Sofia aurait mieux fait de se taire.

Avant qu'elle n'ait le temps de répondre, Rosa la poussa avec brutalité et lança ses béquilles aussi loin qu'elle le put.

— J'ai au moins la chance de ne pas être comme toi! hurla-t-elle. Toi qui serais obligée de ramper si tu n'avais pas tes béquilles sous les bras.

Décontenancée, Sofia avait du mal à réaliser ce qui venait de se passer.

Rosa ne l'avait encore jamais attaquée physiquement. Elle ne l'avait jamais poussée. Bien sûr, les deux sœurs s'étaient souvent chamaillées, mais ça n'avait rien à voir avec cette violence.

Sofia sentit que Rosa la haïssait.

Quand elle avait jeté ses béquilles, elle avait été guidée par la haine. Elle avait si peur de la mort qu'il lui fallait quelqu'un à haïr. Quelqu'un qui allait continuer à vivre quand elle ne serait plus là.

Rosa jeta un regard sur sa sœur qui était par terre avant de lui tourner le dos et de s'en aller.

« C'est moi, le serpent, pensa Sofia. Je suis le serpent que Rosa a voulu tuer. »

Elle se traîna sur la route jusqu'à l'endroit où l'une de ses béquilles avait atterri. Elle réussit à se lever et se mit à la recherche de la deuxième.

La route était vide.

Rosa avait disparu au bout du chemin. Encore sous le choc, Sofia se demanda que faire. Devait-elle retourner à la maison ou bien suivre Rosa ? Dans le fond, elle n'avait pas le choix. Elle ne pouvait pas trahir la confiance de Lydia et c'était elle qui avait l'argent.

Elle monta péniblement la côte.

En atteignant le sommet, elle aperçut Rosa en bas. Elle était assise sur une pierre, la tête entre les mains et elle se balançait d'avant en arrière. Sofia en eut les larmes aux yeux.

« Quelqu'un qui est malade comme Rosa est très seul, se dit-elle. La présence de la famille ne suffit pas pour combler cette solitude. »

C'est important de le savoir.

« On meurt seul. Il faut que je marque ça dans mon journal. »

Elle alla rejoindre Rosa.

— Ne dis rien, ce n'est pas la peine.

— Je ne comprends pas ce qui m'a pris.

— Moi, quand je me suis aperçue que je n'avais plus de jambes, j'ai frappé une des infirmières. Viens maintenant, Rosa. Il faut qu'on se dépêche, sinon monsieur Nombora risque de ne pas avoir le temps de nous recevoir.

La case de monsieur Nombora était entourée d'une grande barrière menaçante faite de plaques de tôle. Des plantes grimpantes épineuses renforçaient son aspect inhospitalier. Au-dessus du portail était accroché un crâne de singe.

Au moment de pénétrer dans la cour, Rosa prit la main de Sofia. Tout était calme et silencieux, pourtant les deux sœurs ressentirent une sorte de tension, comme si elles entraient dans un autre univers. Quelques femmes étaient occupées à écraser du maïs dans un grand mortier en bois. Des enfants couraient partout.

Monsieur Nombora était assis sur un tabouret sous un arbre.

Il se leva lentement en les voyant arriver et vint à leur rencontre. Toute activité s'arrêta. Les enfants cessèrent leur jeu. Les femmes interrompirent leur travail.

Monsieur Nombora était un homme grand et costaud. Ses yeux avaient des reflets rouges et ils semblaient capables de percer les secrets les plus intimes d'un être humain. Il indiqua de la main un tapis effiloché rouge sombre étendu par terre. Rosa s'y installa. Un jeune homme se dépêcha de lui apporter le tabouret sur lequel il se laissa tomber lourdement. Puis monsieur Nombora attacha quelques plumes d'oiseaux sur sa tête et attrapa un bâton décoré de poils d'animaux avant de commencer à émettre des bruits étranges tout en balançant son corps imposant.

Il s'interrompit le temps de faire un signe en direction de Sofia qui avait déjà sorti son argent. Sans vérifier le montant, il prit les billets et les glissa dans sa chemise. Le son d'un tambour se fit soudain entendre. Une femme aux faux cheveux jaunes attachés par un bandeau commença à danser. Ses pieds frappaient rapidement le sol.

Au bout d'une demi-heure, monsieur Nombora bougea enfin. Il se mit à ramper sur le tapis tout en marmonnant des mots incompréhensibles entre ses dents serrées. À plusieurs reprises, il souffla sur Rosa. Sofia savait que c'était pour chasser les mauvais esprits qui s'étaient cachés dans son corps. C'étaient eux qui étaient à l'origine de sa maladie. Pas les bactéries ni les virus. Monsieur Nombora soufflait et crachait, il marmonnait et gesticulait avec ses bras comme si l'air était chargé d'esprits maléfiques.

Rosa ne bougeait pas.

Elle était assise, les yeux fermés. Sofia devina ses pensées : *Pourvu que monsieur Nombora puisse réellement me guérir.* À présent, le son du tambour était amplifié par les pieds trépidants et tambourinants des femmes qui dansaient partout autour d'eux et autour du tapis.

Puis tout s'arrêta.

Monsieur Nombora reprit sa place sur le tabouret et but en grimaçant quelques gorgées d'une bouteille marron.

— Tu avais beaucoup d'esprits maléfiques dans ton corps. Je les ai chassés. J'espère avoir réussi à les faire tous partir. Si jamais tu ne te sens pas mieux, n'hésite pas à revenir me voir.

Les différentes activités reprirent.

Les femmes retournèrent à leur maïs et les enfants à leurs jeux.

Rosa et Sofia s'en allèrent.

— Tu sens quelque chose ? demanda Sofia.

— Je ne sais pas.

Elles marchèrent en silence.

Sofia chercha à mettre de l'ordre dans ses idées. Les mauvais esprits existaient-ils réellement ? Était-il possible que la maladie soit infligée aux gens par la méchanceté des autres ? Elle avait du mal à le croire mais elle se gardait bien de faire part de ses doutes à Rosa. Elle et Lydia étaient toutes les deux persuadées que les malheurs qui nous frappent s'expliquent ainsi et, dans le fond, Sofia n'en savait rien. Ça pouvait être vrai. Et pourquoi le nier ? Elle était prête à croire aux forces maléfiques si cela pouvait aider Rosa à guérir.

La route était longue.

Les prothèses de Sofia frottaient contre ses moignons. Elle avait toujours mal quand elle était obligée de marcher longtemps.

« Mais au moins, je n'ai pas d'ampoules aux talons, pensa-t-elle. C'est l'avantage de ne plus avoir de pieds. »

Ce soir-là, Sofia avait l'intention d'aller au lit de bonne heure.

Elle était fatiguée. Le lendemain, elle retournerait à l'école.

Mais encore une fois, les choses prirent une tournure imprévue.

En arrivant à la maison, les deux sœurs trouvèrent leur mère plus agitée que jamais. D'une voix nerveuse, elle leur apprit que monsieur Bastardo était venu à la *machamba* dans sa grosse voiture. Il avait crié que la terre lui appartenait et qu'il allait charger la police de les faire partir, si elles refusaient de s'en aller de leur plein gré.

Lydia était désespérée.

— Il ne peut pas nous faire ça ! dit-elle. De quoi vivrions-nous ?

Rosa et Sofia ne savaient pas quoi dire.

Sofia n'eut pas beaucoup d'heures de sommeil cette nuit-là.

Les problèmes ne cesseraient donc jamais ?

Chapitre 19

Sofia fut obligée de renoncer à l'école.

La réaction de mademoiselle Adelina l'inquiétait un peu mais elle ne pouvait pas faire autrement. Lydia lui avait demandé de rester à la maison.

— Tu t'exprimes si bien, avait-elle dit. Je veux que tu viennes avec moi demain à la *machamba*. Si jamais monsieur Bastardo a fait le tour de toutes les femmes pour annoncer sa décision, nous serons nombreuses à craindre pour notre avenir. Il faut que tu nous aides.

« Je suis trop jeune, pensa Sofia. Et je n'ai pas de jambes ! Les problèmes de Lydia sont trop importants pour moi. Rosa est malade et moi, je veux aller à l'école. Pourquoi n'y a-t-il personne d'autre pour aider Lydia ? »

Ce soir-là, elles restèrent longtemps dehors à parler.

Rosa raconta sa visite chez monsieur Nombora.

— Tu te sens mieux maintenant ? demanda Lydia.

— Oui, je crois.

Sofia n'était pas convaincue que ce soit vrai, mais elle ne dit rien.

Puis, elles parlèrent de monsieur Bastardo. Lydia ne savait rien de lui. Selon la rumeur, c'était un homme d'affaires fortuné qui vivait à la capitale. Lydia se mit encore une fois à ressasser les mêmes questions :

— Pourquoi ne peut-il pas nous laisser cultiver nos petits champs tranquillement ? De quoi allons-nous vivre s'il nous les prend ?

— Tu devrais t'adresser au chef du village, suggéra Sofia.

— C'est encore trop tôt. Et il ne faut pas que j'y aille seule. Les autres femmes doivent venir avec moi.

— A-t-on le droit de prendre la terre aux gens comme on veut ? demanda Sofia.

— Qui s'occupe de nos droits, à nous les pauvres ?

Rosa se retira dans la case.

— À ton avis, dit Lydia une fois Rosa partie, c'était une bonne chose qu'elle soit allée voir monsieur Nombora ?

— Espérons-le, répondit Sofia sur un ton évasif.

Rosa avait vraiment une petite mine. Sa fatigue de plus en plus visible étreignait le cœur de Sofia.

Le feu se consumait lentement.

Lydia rentra à son tour dans la case, mais Sofia préféra s'attarder encore un peu devant le feu. Elle l'attisa en soufflant sur la braise dans l'espoir que les flammes lui donnent une réponse à toutes les questions difficiles qui s'étaient accumulées dans sa tête. Pourquoi la maladie avait-elle choisi Rosa ? Pourquoi y avait-il des gens qui étaient pauvres et d'autres qui ne l'étaient pas ?

Mais le feu ne lui répondit pas.

Les flammes restaient muettes. Elles diminuèrent petit à petit pour, finalement, s'éteindre.

Sofia se déshabilla et se glissa dans son lit.

Rosa dormait déjà. Son sommeil était agité. Sofia alluma sa bougie puis sortit le cahier et le bout de crayon de sous son oreiller. Comme elle était trop fatiguée pour écrire, elle se contenta de faire un dessin. Le crayon semblait courir tout seul sur le papier.

Elle s'aperçut qu'elle était en train de faire le portrait de Lydia.

Mais il n'était pas réussi. Lydia ressemblait à un animal. Les yeux n'étaient que deux traits horizontaux et le front était trop grand.

Sofia poussa un soupir, rangea le cahier et souffla la bougie.

Elle ne trouvait pas le sommeil.

Les pensées se bousculaient dans sa tête sans lui laisser de répit. Rosa, Bastardo et Nombora apparaissaient pêle-mêle, refusant obstinément de la laisser tranquille. Elle se força à penser à autre chose, par exemple au garçon qui viendrait un jour chercher ses vêtements. Mais dès qu'elle essayait de fixer son attention sur lui, monsieur Bastardo venait pointer le bout de son nez. Ou alors elle revoyait Rosa en train de perdre sa binette.

Sa sœur poussa des petits gémissements dans son sommeil. De quoi rêvait-elle ? Sofia repensa aux événements de la journée. Rosa l'avait poussée. Elle avait jeté ses béquilles. Le souvenir était encore brûlant en elle. Tout d'un coup, elle se fâcha. Il y avait quand même des limites à ce qu'on pouvait se permettre ! Une maladie n'excusait pas tout.

C'était énervant de ne pas arriver à dormir !

Quand le coq de madame Mukulela chanta enfin, Sofia était dans un demi-sommeil.

« Monsieur Temba ne l'a donc pas encore supprimé », pensa-t-elle en se mettant en boule dans une dernière tentative pour trouver un peu de repos. Mais elle fut aussitôt assaillie par des pensées angoissantes.

Le matin, elle accompagna Lydia à la *machamba*.

Malgré des douleurs intestinales, Rosa promit de s'occuper d'Alfredo et de Faustino pendant leur absence.

Les différents champs formaient des petits carrés dans la plaine située au sud de leur village.

Lydia et Sofia y retrouvèrent un groupe de femmes assises par terre à côté du puits qui alimentait les cultures en eau. Sofia connaissait la plupart d'entre elles. Même en colère ou inquiètes, elles avaient le rire facile. Quelques hommes étaient également là.

Dans sa vie, Sofia n'avait pas eu l'occasion de fréquenter beaucoup de gens riches et haut placés.

Sans s'expliquer pourquoi, elle avait tout de même pu constater que les pauvres riaient beaucoup plus que les riches. Était-il obligatoire d'être de mauvaise humeur pour posséder une grosse voiture ou une grande maison ? Encore un mystère à soumettre aux flammes.

Tous ces gens réunis étaient excités.

Monsieur Bastardo avait effectivement fait le tour du village pour annoncer sa décision. Il menaçait de se faire aider par la police si les champs n'étaient pas évacués en temps voulu. Il avait acheté la terre et il avait l'intention de l'exploiter. Personne ne savait de quelle manière. Selon la rumeur, il avait également acheté la partie du terrain qui se trouvait au-delà de leurs champs et qui n'était pas assez bonne pour la culture.

Sofia écouta les gens discuter.

Des propositions de solution fusaient de partout.

Ils finirent par se mettre d'accord que le mieux serait d'aller tous ensemble trouver le chef du village, monsieur Ngonga, et de lui demander d'empêcher monsieur Bastardo de voler leurs champs.

— Il ne faut pas oublier que monsieur

Ngonga profite aussi de nos légumes, fit remarquer une des femmes d'une voix criarde.

Une dispute éclata. Était-il raisonnable de faire confiance à monsieur Ngonga ? Monsieur Bastardo lui avait peut-être proposé de l'argent pour qu'il accepte cette affaire. De telles choses étaient déjà arrivées. Mais bon nombre de femmes, dont Lydia, soutenaient que monsieur Ngonga était quelqu'un de bien qui refusait les irrégularités. Et comment monsieur Bastardo aurait-il pu acquérir les champs qui leur appartenaient ? Ces champs étaient à elles. Elles en avaient la preuve écrite. Qui pourrait vendre la terre de quelqu'un ? Les idées et les interrogations se succédaient à toute vitesse.

Sofia écoutait silencieusement.

Elle ne pensait plus à l'école. Ces discussions constituaient un autre genre d'apprentissage, tout aussi précieux. Ceux qui se trouvaient là étaient tous pauvres, mais cela ne signifiait pas qu'ils étaient stupides. Sofia avait rarement entendu autant de réflexions intelligentes. C'étaient surtout les femmes qui parlaient. Les hommes restaient silencieux, à quelques rares exceptions près. La terre et les champs relevaient du domaine des femmes. Mais leur travail nourrissait aussi les hommes.

Après un moment, la discussion sembla se tarir.

Rut, une petite femme menue, s'adressa alors à Sofia :

— Toi qui vas à l'école, toi qui sais lire et écrire, qu'est-ce que tu en penses ? Que nous conseilles-tu ?

Sofia secoua la tête.

— Je n'ai rien à dire.

— Rien du tout ? fit Lydia mécontente. Alors, je me demande bien pourquoi tu vas à l'école.

Sofia fut blessée mais elle ne le montra pas. Il arrivait souvent que les paroles de sa mère dépassent ses pensées.

— Je trouve que vous avez raison, finit-elle par dire. Allez voir monsieur Ngonga. S'il veut manger demain, il faudra bien qu'il empêche monsieur Bastardo de vous prendre la terre.

— Sinon, on la défendra nous-mêmes, conclut une des femmes qui jusque-là était restée silencieuse. Il va falloir la surveiller jour et nuit pour éviter qu'il vienne avec ses grosses machines détruire ce que nous avons semé.

Sofia accompagna la foule qui se rendait maintenant à la maison de monsieur Ngonga. Ses prothèses lui faisaient mal. La route était longue et l'effort lui déclencha une hémorragie nasale. Elle arracha deux morceaux de tissu de sa *capulana** et les enfonça dans son nez.

En arrivant chez monsieur Ngonga, ils entonnèrent tous ensemble :

«Nous voulons garder nos champs,
Nous en avons besoin pour vivre.
Monsieur Bastardo vient dans sa grosse voiture.
Il veut nous les prendre.
Nous voulons garder nos champs...»

Ils reprenaient sans cesse les mêmes phrases.

Le chef du village, alerté par leur chant, sortit de sa case. Lydia et quelques-unes des femmes poussèrent Sofia au premier rang. Il fallait donc qu'elle prenne la parole ? Elle ne s'y était pas préparée. Et qui pourrait imaginer que monsieur Ngonga écouterait une petite fille qui avait des bouts de tissu dans les narines ? C'était stupide !

— Demandez à quelqu'un d'autre de parler, supplia Sofia.

— Non, personne ne saurait le faire mieux que toi, objecta une femme nommée Joana.

Sofia s'appuya sur ses béquilles.

* Morceau de tissu servant de vêtement à la femme.

Monsieur Ngonga la regarda avec bienveillance.

— Sofia, dit-il. Sofia Alface Fumo. Tu as bien grandi depuis la dernière fois. Pourquoi es-tu venue me voir avec toutes ces femmes ? Votre chanson parle de vos champs et de quelqu'un qui s'appelle monsieur Bastardo.

Sofia expliqua la raison de leur démarche.

Les femmes l'encouragèrent bruyamment.

Monsieur Ngonga la laissa parler jusqu'au bout sans l'interrompre, puis gratta sa tête chauve.

— Personne ne va vous prendre vos champs, finit-il par dire. Je vais me renseigner au sujet de ce monsieur Bastardo pour savoir pourquoi il prétend avoir acheté votre terre. Mais je peux d'ores et déjà vous promettre que personne ne vous la prendra.

Les paroles de monsieur Ngonga soulevèrent des cris d'approbation parmi les femmes.

Quelques-unes se mirent à danser devant lui.

— J'avais bien dit que tu t'exprimais bien, dit Lydia fièrement.

— Tu aurais très bien pu parler à ma place, fit remarquer Sofia. Et tu l'aurais certainement fait beaucoup mieux que moi.

C'était déjà l'après-midi.

Les femmes retournèrent à leurs champs et Sofia rentra chez elle. Son nez avait cessé de saigner mais elle était fatiguée.

Alfredo était en train de dessiner dans le sable quand Sofia arriva à la maison. Faustino dormait derrière lui sur un carré de tissu.

— Où est Rosa ? s'étonna Sofia.

Alfredo tendit sa main vers la case.

Sofia s'y précipita et découvrit Rosa par terre à côté du lit. Elle était brûlante de fièvre et semblait terrorisée. Sofia s'aperçut qu'elle avait une plaie près de l'oreille.

La boule d'angoisse se remit à grossir dans son ventre.

La visite chez monsieur Nombora n'avait rien arrangé.

Rosa était plus malade que jamais.

Chapitre 20

Deux soirs plus tard, Sofia écrivit :

Rosa est malade. Vraiment malade. Elle n'a plus la force de se lever. Je voudrais qu'elle se couche dans mon lit, mais elle refuse. On dirait qu'elle ne veut pas changer ses habitudes. Lydia et moi l'aidons à tour de rôle, par exemple quand elle a besoin de faire pipi (ce qui lui arrive souvent vu qu'elle a mal au ventre). Elle refuse de manger. Elle transpire beaucoup. Quand je l'ai aidée à faire sa toilette, je me suis aperçue que son corps était recouvert de plaies. Je lui ai demandé pourquoi elle n'en avait rien dit. Elle m'a répondu qu'elle ne voulait pas en parler. Peut-être parce qu'elle a honte. J'ignore ce que j'aurais fait à sa place. Rosa commence à com-

prendre qu'elle va bientôt mourir. Elle ne l'a pas dit, mais je le vois sur elle. La mort est déjà en elle, comme une tache au fond de ses yeux. Lydia est désespérée. Moi aussi. Comme Lydia est très perturbée par les menaces de monsieur Bastardo, c'est surtout moi qui m'occupe de Rosa.

Aujourd'hui, je suis allée à l'école pour parler avec mademoiselle Adelina. Je voulais qu'elle sache ce qui se passe. Ça l'a rendue triste, mais elle m'a dit de revenir dès que ça me serait possible. Je me demande ce que ça signifie. Je n'ose pas y penser. Ça veut peut-être dire que j'y retournerai seulement après la mort de Rosa. Je ne me suis jamais sentie aussi seule que maintenant. Encore plus que ce jour à l'hôpital où j'ai réalisé que je n'avais plus de jambes et que Maria avait disparu. Il ne faut pas que Rosa meure. Je ne le supporterais pas. Lydia non plus. N'y a-t-il donc personne qui puisse l'aider ?

En allant voir mademoiselle Adelina, Sofia avait fait un détour pour passer au dispensaire. L'infirmière, derrière son bureau, était occupée comme d'habitude à chasser les mouches. Ils allaient bientôt fermer. Tous les malades qui s'étaient présentés ce jour-là étaient repartis.

— Le docteur Nkeka est encore là ? demanda Sofia.

— Il ne reçoit plus de malades aujourd'hui.

— Je ne suis pas malade. J'ai juste une question à lui poser.

L'infirmière la toisa du regard.

— C'est toi qui as une sœur malade, n'est-ce pas ?

— Oui.

L'infirmière se leva et alla frapper à la porte du bureau.

Le docteur Nkeka ouvrit. Il avait enlevé sa blouse blanche. En voyant Sofia, il lui fit signe d'entrer.

Sofia s'assit sur une chaise en se disant qu'elle se trouvait certainement à la place même où Rosa avait appris de quelle maladie elle souffrait.

— Comment va ta sœur ?

Sofia lutta de toutes ses forces pour ne pas pleurer, mais elle éclata en sanglots. Ce fut plus fort qu'elle.

Le docteur Nkeka la regarda plein de compassion et lui tendit un mouchoir. Elle essuya ses larmes.

— Elle est donc déjà très malade, dit-il.

— Elle ne peut plus se lever et son corps est couvert de plaies. Et elle a mal au ventre.

Le docteur Nkeka l'écoutait en hochant la tête. Il ne paraissait pas étonné.

— Il n'y a rien qu'on puisse faire pour elle ?

C'était pour cette simple question que Sofia était venue le voir.

— Non. Je vais te parler comme à une adulte. En fait, tu es déjà une adulte. Quelqu'un qui perd ses jambes mûrit très vite. Je te dirai donc la stricte vérité sans te donner de faux espoirs. Il n'y a rien à faire. La maladie est déjà bien déclarée. C'est pour ça que ta sœur a mal au ventre et qu'elle est recouverte de plaies. On peut la soulager, mais on ne peut pas la guérir. C'est ce qui rend cette maladie si terrible. Il n'existe aucun remède. Il faut donc à tout prix éviter de la contracter. Je suppose que tu sais comment ?

Sofia acquiesça.

— À cet instant précis, pendant que nous parlons, plusieurs jeunes se font contaminer. Chaque jour dans notre pays, trois cents personnes en dessous de vingt ans sont victimes de cette maladie. J'y pense jour et nuit, mais que faire ? La plupart de ces jeunes sont pauvres et ne savent ni lire ni écrire. Comment leur faire comprendre qu'ils doivent faire attention ? Parfois, je suis découragé.

Le docteur Nkeka se tut.

Puis il soupira et se leva.

— Je suis obligé de m'en aller. Je dois me rendre dans un autre dispensaire avant la nuit.

Il attrapa deux bocaux dans une armoire murale et les donna à Sofia.

L'un contenait une pommade à mettre sur les plaies, l'autre des cachets destinés à soulager les douleurs intestinales.

Le docteur Nkeka prit sa sacoche.

— Où habites-tu ?

Sofia le lui expliqua.

— Tu fais vraiment tout ce chemin à pied chaque jour ? s'étonna-t-il.

— Oui, sinon je me demande bien comment je ferais pour aller à l'école.

Ils quittèrent le dispensaire.

L'infirmière était partie. Le docteur Nkeka fit un signe de tête au vieux gardien avant de s'adresser de nouveau à Sofia.

— Je peux te raccompagner, si tu veux.

Une vieille voiture était garée dans la cour.

Un des phares manquait et la vitre arrière avait été remplacée par un bout de carton.

— On pense que les médecins sont riches, dit le docteur Nkeka. Et c'est sans doute vrai, quand ils choisissent de soigner des gens aisés.

Mais ceux qui, comme moi, travaillent dans les dispensaires doivent se contenter d'une voiture dans cet état-là. Espérons qu'elle veuille bien démarrer.

Le docteur Nkeka rit.

Sofia s'installa sur le siège avant. Il était complètement défoncé et elle eut l'impression de s'asseoir sur le sol. Le docteur Nkeka tourna la clé. Après quelques toussotements, le moteur se mit à tourner et ils prirent la route selon les explications de Sofia.

— Je suis né ici, raconta le docteur Nkeka. Quand j'ai décidé de faire médecine, personne n'a cru que j'irai jusqu'au bout.

Sofia tendit l'oreille.

Le docteur Nkeka avait eu le même rêve qu'elle. Et il l'avait réalisé.

— Peut-on être médecin si on n'a pas de jambes ?

Le docteur Nkeka scruta son visage.

— Mais bien sûr. Ça t'intéresserait ?

Sofia ne répondit pas et le docteur Nkeka ne posa pas d'autres questions.

Il la raccompagna jusque chez elle.

Il se donna même le temps d'entrer dans la case pour voir Rosa.

« Pourvu qu'il ne lui dise pas qu'il n'y a plus

d'espoir », s'inquiéta Sofia. Mais le docteur Nkeka était discret. Il examina les plaies de Rosa, posa la main sur son front et lui demanda comment elle se sentait. Sofia eut même l'impression qu'il essayait de lui remonter le moral et pourtant il ne dit rien qui ne soit pas vrai. Il ne chercha pas à lui donner de faux espoirs.

Après le départ du docteur Nkeka, Sofia traîna la machine à coudre jusque dans la cour pour repriser les vêtements du paquet bleu.

Faustino s'était réveillé. Sofia l'attacha dans son dos en se demandant si un jour elle porterait son propre enfant comme ça.

Alfredo suivait du regard les mouvements de l'aiguille. Il aimait bien regarder sa sœur travailler.

Sofia attrapa d'abord le pantalon au genou troué et le tendit à son frère.

— Qu'est-ce que ça sent ? demanda-t-elle.

— La cannelle, répondit Alfredo en souriant.

— Ce n'est donc pas seulement une idée que je me fais, murmura Sofia. Ce pantalon appartient bien à celui que j'ai rencontré au clair de lune.

Il avait enlevé son pantalon ! Elle fut gênée et troublée en y pensant.

Monsieur Temba traversa la cour.

— Si j'ai bien compris, Rosa est malade, fit-il en s'inclinant. J'espère que ce n'est pas grave.

— Elle est très malade, répondit Sofia. Je ne sais pas si c'est grave.

La dernière phrase était un mensonge.

Mais Sofia n'avait pas envie de dire toute la vérité.

Monsieur Temba adorait les rumeurs. Madame Mukulela était pareille. Comme maintenant ils formaient un couple, tout ce que pourrait dire Sofia serait rapidement répandu dans le village.

— Madame Mukulela s'est montrée très aimable ces derniers temps, dit monsieur Temba.

— Je sais.

— Elle vous en a parlé? s'étonna Monsieur Temba.

— De quoi?

— De nous.

— Je n'ai peut-être pas de jambes, dit Sofia, mais j'ai des yeux pour voir.

Elle lui avait parlé sur un ton qui frôlait l'insolence.

Mais Monsieur Temba l'aimait bien. Elle pouvait se permettre de le taquiner.

— Ce n'est pas bien pour un homme d'être

seul, poursuivit monsieur Temba pensif. Pour une femme non plus.

Puis il souleva son chapeau et s'en alla.

Sofia reprit son travail.

Le pantalon terminé, elle choisit la chemise la plus usée. Les mots du docteur Nkeka lui revinrent. Il avait dit que Rosa n'allait pas guérir. Qu'elle allait mourir. Mais comment accepter cette idée ? Elle continua son travail en serrant les dents et en luttant contre les larmes bien qu'elle n'ait qu'une envie : se coucher par terre et hurler. Hurler. Hurler. Hurler. Mais ça n'allait rien changer.

« Il faut que le feu vienne à mon secours, se dit-elle. Il faut qu'il m'explique le sens de la mort de Rosa. Le sens de nos vies. Il doit bien y avoir une raison à tout ça. Le mystère est certainement difficile à percer, mais il y a forcément une explication. »

Sofia cousait.

Elle appréhendait le moment où il faudrait raconter à sa mère ce que le docteur avait dit. Elle savait que c'était inconcevable pour Lydia qu'il n'existe pas de remède. Monsieur Nombora n'était pas le seul *curandeiro*. Il y en avait d'autres et Lydia allait employer tous les moyens dont elle disposait, quels qu'ils soient, pour empêcher que Rosa ne meure.

Lydia rentra de la *machamba*, un gros fagot de branches sur la tête. Sofia avait peur. Comment lui dire l'indicible ?

Lydia posa par terre les branches qui étaient destinées au feu et redressa le dos.

— On a décidé de monter la garde, dit-elle. Chaque nuit. Comme ça monsieur Bastardo ne nous prendra pas par surprise.

— Monsieur Ngonga vous a bien dit de ne pas vous inquiéter !

— Les pauvres sont obligés de s'inquiéter. N'oublie jamais ça. Jamais.

Lydia prit Faustino du dos de sa fille avant de commencer à préparer le feu.

Sofia plia les vêtements terminés et remit la machine à coudre dans la case. Rosa dormait. Son front brillait de sueur. Elle avait rejeté sa couverture et découvert son corps plein de plaies.

Sofia retourna dehors pour retrouver Lydia qui était en train d'écraser du maïs.

— Où est Rosa ? demanda-t-elle.

Sofia respira profondément.

Puis elle raconta tout ce qu'elle savait.

Rosa allait bientôt mourir.

Chapitre 21

Lydia poussa un hurlement.

On aurait dit un animal blessé. Sofia n'avait jamais rien entendu d'aussi effrayant. Le cri qui sortait de la bouche de sa mère venait du fond de ses entrailles. Madame Mukulela accourut aussi vite que son corps volumineux le lui permettait. Monsieur Temba, quant à lui, abandonna ses paniers et alla dans sa case.

Sofia enregistra tout ce qui se déroulait autour d'elle.

Monsieur Temba réapparut aussitôt, coiffé de son chapeau. Il ne s'éloignait jamais de sa maison la tête découverte. Le jour où la mort viendrait le chercher, il refuserait certainement de la suivre s'il n'avait pas d'abord eu le temps de mettre son chapeau.

Sofia avait dit la vérité.

Elle avait dit que Rosa allait mourir. Peut-être bientôt, vu l'évolution rapide de la maladie. Le docteur Nkeka ne lui avait laissé aucun espoir après avoir examiné les plaies de Rosa. Lydia, qui s'était montrée très forte jusqu'à présent, persuadée qu'il y avait encore des possibilités de guérison, perdit soudain pied et abandonna toute résistance. Sofia ne s'était pas attendue à une telle réaction. Elle avait cru que Lydia serait triste, qu'elle aurait peur, mais qu'elle envisagerait immédiatement des solutions. À son étonnement, sa mère baissait les bras.

Lydia s'écroula sur le sol comme si elle avait voulu se faire engloutir par lui. L'intensité de sa douleur l'avait anéantie.

Sa détresse était celle de toutes les mères qui savent qu'elles vont perdre un enfant. Bien que ce ne soit pas la première fois qu'un tel chagrin la frappait, sa peine était incommensurable.

— Qu'est-ce qui se passe ? s'inquiéta madame Mukulela tout en écartant bruyamment quelques curieux qui s'étaient regroupés devant la case.

Lydia n'avait pas la force de parler.

Pendant que Sofia expliquait la situation, monsieur Temba les rejoignit.

Il ôta son chapeau en apprenant la gravité de la maladie de Rosa.

— Qui a bien pu jeter un sort à Rosa, une jeune fille qui n'a jamais rien fait de mal ? s'interrogea madame Mukulela avec frayeur.

— On ne lui a pas jeté de sort, répliqua Sofia. C'est une maladie.

— Toutes les maladies sont causées par de mauvais esprits, fit remarquer madame Mukulela sèchement.

Sofia se tut.

Elle savait que madame Mukulela, comme la plupart des villageois, était persuadée que l'origine de la maladie n'avait qu'une seule et unique explication : de mauvais esprits avaient pris possession de la personne souffrante.

— Voilà qui est extrêmement triste, dit monsieur Temba. J'ai déjà entendu parler de cette maladie qui ne se voit pas, qui ne s'entend pas, mais qui s'introduit dans le corps des gens et qui leur prend toutes leurs forces.

Lydia restait silencieuse, la tête baissée.

« On dirait une enfant perdue, pensa Sofia. Et je suis totalement impuissante. »

Madame Mukulela se chargea de la cuisine ce soir-là et monsieur Temba se joignit à eux pour partager leur repas devant le feu. Dans l'espoir de trouver des réponses aux nombreuses questions qui s'accumulaient dans sa tête, Sofia plongea son regard dans les flammes. Rien ne se produisit. Elle avait besoin d'être seule pour pouvoir se concentrer.

Rosa dormait dans la case.

Lydia alla la retrouver pour enduire son corps de la pommade que le docteur Nkeka avait donnée. Une simple bougie les éclairait. Sofia resta dans l'obscurité près de la porte pour regarder la scène. Le vent du soir soufflait par le carreau cassé, faisant vaciller les ombres sur les murs. Tout en étalant la pommade sur les plaies rouge sombre de Rosa, Lydia murmurait des mots inaudibles. Sofia avait l'impression que Lydia disait une prière destinée à ces dieux qui n'étaient jamais là quand il le fallait.

Encore un mystère.

Le mystère au sujet de l'attitude des dieux.

— J'aurais dû assurer la garde à la *machamba* cette nuit, mais je n'en ai pas la force, dit Lydia.

Était-ce une demande indirecte de se faire remplacer ?

Sofia ne savait pas comment interpréter la phrase et Lydia ne donna pas de précisions.

Elle rangea la pommade et alla se coucher par terre à côté d'Alfredo et de Faustino.

Épuisée, Sofia se glissa dans son lit et sombra aussitôt dans un sommeil profond.

Un rêve surgit d'un coin sombre de son cerveau. Depuis quelque temps, Sofia comparait sa tête à un paysage où le jour et la nuit se succédaient. Parfois, il était éclairé par la lune et par un ciel étoilé, parfois il était assombri par une épaisse couche de nuages. Il arrivait aussi qu'il pleuve. Des souvenirs dissimulés derrière des arbres et des buissons pouvaient, pour une raison inexplicable, apparaître à tout moment. Tout était possible dans le pays de ses rêves.

Quand Sofia se réveilla, le coq de madame Mukulela n'avait pas chanté. Il faisait encore nuit.

Sofia se confia à son journal.

Je me trouve sur un chemin. C'est le soir. Je dois me rendre dans un endroit, mais je ne sais pas où. Un homme apparaît devant moi. Bien qu'il porte un masque, je n'éprouve aucune crainte. Le masque est en cuir. Malgré l'absence de lumière, je vois qu'il est rouge, jaune et noir avec des poils gris et blancs sur les côtés. À travers l'ouverture de la bouche, j'aperçois des dents. Je ne sais pas si elles font partie du masque ou si elles appartiennent au visage caché derrière. Je ne sais pas non plus si l'homme est menaçant ou bienveillant. Soudain, je comprends que c'est la Mort qui se tient devant moi. Pourtant, je n'ai pas peur.

Je me réveille. L'homme masqué est venu dans l'intention de chercher Rosa, mais il est encore trop tôt. Elle dort. Je l'entends respirer à côté de moi.

Sofia tendit sa main pour palper le front de sa sœur.

Elle était vivante mais elle avait toujours de la fièvre. Dérangée dans son sommeil par la main de Sofia, elle se mit à divaguer de façon incohérente. Elle semblait vouloir se libérer de quelque chose.

Le cœur de Sofia se serra.

« Rosa se bat avec la mort, pensa-t-elle. Rosa lutte pour vaincre sa peur de mourir et sa peine d'avoir eu une vie trop courte. »

Sofia pressa ses mains contre ses lèvres pour ne pas crier. Des questions. Rien que des questions. Pourquoi n'y avait-il pas de réponses ? Le feu restait silencieux, pourquoi ? Si même les flammes n'avaient pas de réponses à lui donner, qui en aurait ?

Rosa recouvra son calme.

Le coq de madame Mukulela se mit à chanter, mais son chant était presque triste.

« Il a dû finir par réaliser qu'il avait tort de réveiller les gens, se dit Sofia. Peut-être a-t-il enfin compris que les gens qu'il empêchait de dormir n'avaient qu'une envie : l'achever. »

Elle attacha ses jambes, s'habilla et sortit.

L'obscurité était douce et humide. Elle jeta un coup d'œil vers la route mais n'y vit aucun mouvement. Le garçon n'était pas là. Elle eut envie de crier pour que le noir se disperse enfin, mais elle se retint et se figea dans le silence. Elle espérait qu'un miracle se produise, que Rosa se lève en pleine forme, que ce ne soit qu'un mauvais rêve.

Le jour se leva tout doucement.

Il s'annonça d'abord par une lueur grise, à peine perceptible. Puis le soleil se hissa au-dessus de l'horizon. Les oiseaux se réveillèrent, ensuite les gens.

Lydia sortit dans la cour.

Sofia nota que ses vêtements étaient usés et elle eut honte de ne pas s'en être occupée.

— Il faut emmener Rosa voir un autre médecin, dit Lydia. Il y a forcément moyen de guérir sa maladie.

Sa voix était ferme et décidée.

Sa résignation avait disparu. Tant qu'il y avait encore une étincelle de vie rien n'était perdu.

Malgré sa fatigue, Lydia prit Faustino sur le dos et se dirigea rapidement vers la route, pressée comme d'habitude. Alfredo demanda à Sofia s'il pouvait aller jouer chez des amis. Elle acquiesça mais lui recommanda de ne pas rentrer trop tard.

Puis elle retourna dans la case pour s'occuper de Rosa.

— Tu veux manger quelque chose? demanda-t-elle.

— Je n'ai pas faim.

— Il faut que tu manges.

— Je n'ai pas faim.

Sofia lui tendit une tasse de thé fait avec les dernières feuilles qui restaient dans la boîte. Ils n'avaient plus d'argent pour en acheter d'autre. Tout ce que monsieur Temba avait donné à Sofia avait servi à payer monsieur Nombora. Inutilement.

Sofia décrocha le miroir pour regarder son visage marqué par la fatigue. Monsieur Temba pénétra sans la case. Il souleva son chapeau et s'inclina.

— Je n'ai pas fermé l'œil de la nuit, dit-il. Je

suis trop préoccupé par ce qui arrive à Rosa. Pour madame Mukulela c'est pareil. Nous n'avons pas dormi ensemble, parce que nous avions besoin d'être seuls avec nos pensées.

Il s'installa sur le tabouret à côté de la cuisine.

— Je sais qu'on peut être contaminé quand on aime quelqu'un, dit-il. Quand on couche ensemble et que l'amour est fort. Les jeunes ont besoin d'amour. Les vieux aussi. Dis-moi, Rosa avait bien un ami qui s'appelait Steven ? J'ai oublié son nom de famille.

— Gomane, dit Sofia.

Monsieur Temba acquiesça, l'air pensif.

— Si je ne suis pas mal renseigné, Steven avait travaillé pendant quelques années dans les mines d'Afrique du Sud.

— Pendant deux ans.

Monsieur Temba acquiesça de nouveau.

Il avait visiblement quelque chose sur le cœur.

Sofia attendit.

— Je viens de me rappeler que j'ai eu des nouvelles de ce garçon il y a quelques semaines, finit-il par dire.

— Que vous a-t-on dit ?

— Que Steven Gomane est mort il y a quelque temps, dit-il sans la quitter du regard.

C'est cette épouvantable maladie qu'on ne peut pas guérir qui l'a emporté.

Monsieur Temba se leva, s'inclina et alla retrouver ses paniers qui l'attendaient devant sa case.

Sofia pensa à ce qu'elle venait d'apprendre.

Elle pensa aussi à Rosa, enfermée dans sa solitude.

Chapitre 22

Ce jour-là, Sofia chercha désespérément une raison pour rire.

Après le départ de monsieur Temba, elle se sentit seule et abandonnée. Il fallait qu'elle rie pour avoir le courage de continuer. Si elle ne riait pas au moins une fois le matin et une fois le soir, sa vie lui semblerait totalement inutile.

Mais où pouvait-il y avoir un rire ?

Comment faire pour retrouver un rire perdu ? L'idée était puérile, elle en était consciente. Mais là, elle avait besoin d'idées drôles et puériles. Il lui fallait un moment de trêve dans le malheur et elle ne permettrait à personne de l'empêcher de se comporter comme une enfant.

Elle sortit de la cour et emprunta un sentier qui menait à une case au toit abîmé.

C'était là qu'habitait une cousine germaine de Lydia.

Ou peut-être n'était-elle qu'une cousine lointaine. Sofia ne savait pas très bien. Elles étaient de la même famille, c'était le principal. La cousine s'appelait Gracieta. Elle avait de nombreux enfants et un mari qui lui rendait visite une fois l'an. À cette occasion, il faisait le tour de toute la famille et Sofia le connaissait donc un peu. Il se nommait Ricardo et était de très petite taille. Il gagnait sa vie en tant que cordonnier dans une ville près de la frontière de l'Afrique du Sud. Il gardait son argent et le remettait à Gracieta quand il rentrait pour passer ces quelques jours avec elle. Systématiquement, neuf mois après chaque visite, Gracieta mettait un nouvel enfant au monde. Ça se passait ainsi année après année. Contrairement à Ricardo, Gracieta était très grande. Elle avait un gros derrière qu'elle tortillait en marchant.

Il suffit à Sofia de penser aux fesses de Gracieta pour éclater de rire. Elles avaient quelque chose de joyeux. Sofia s'arrêta au milieu d'un pas, étonnée d'avoir trouvé un rire aussi facilement. Mais comme elle n'était pas loin de la case de Gracieta, elle décida de continuer son chemin pour lui annoncer la maladie de Rosa.

Gracieta était occupée à se couper les ongles des pieds.

Compte tenu de sa taille, ce n'était pas chose facile. Elle était adossée au mur de la case, avait la jambe posée sur un tabouret et tendait ses bras en avant pour chercher à atteindre le pied avec ses ciseaux. En apercevant Sofia, elle fit un grand sourire.

— Tiens, voilà la fille qui va me sauver ! s'exclama-t-elle.

Sofia ne connaissait personne qui parlât aussi fort que Gracieta.

Les gens lui demandaient souvent de baisser le ton.

— Je ne parle pas fort, claironnait-elle alors.

Comme ça ne servait à rien, personne ne se donnait la peine d'insister. Elle était tout simplement incapable de parler normalement.

— Je n'arrive pas à atteindre mes pieds. Il faut que tu m'aides.

Sofia s'accroupit, prit les ciseaux émoussés et rouillés et se mit au travail. Les ongles de sa cousine étaient dures comme la pierre, mais Sofia avait les mains musclées et ne mit que quelques minutes à accomplir la tâche. Remplie de satisfaction, Gracieta regarda ses grands pieds.

— Ricardo ne va pas tarder à arriver, dit-elle. Il mérite de retrouver sa femme avec les ongles des pieds bien coupés. Il déteste que je le griffe quand il me fait un enfant.

Sofia avait beau connaître le franc-parler de sa cousine, elle fut gênée. Rien de ce qui concernait les relations entre les hommes et les femmes ne faisait peur à Gracieta. Et elle parlait fort ! Personne dans le voisinage n'ignorait que Ricardo allait bientôt rentrer. Et tout le monde connaissait l'importance de l'état des ongles de Gracieta.

Gracieta prit des nouvelles de la famille de Sofia.

— Rosa est malade. Très malade.

— Comment ça, malade ?

Sofia n'avait pas envie que tout le monde sache que sa sœur était mourante. Elle proposa que leur conversation se poursuive à l'intérieur de la case, mais les murs en terre ne réussirent pas à assourdir la voix de stentor de sa cousine.

— Elle a mal au ventre, dit-elle. Et de la fièvre. Le docteur Nkeka a dit qu'il n'y a pas de remède.

— Dans ce cas, elle a attrapé le sida, cria

Gracieta en se mettant à se balancer et à soupirer.

Sa peine était manifeste.

Selon Rosa, Gracieta avait été d'un grand secours pour Lydia après l'accident de ses filles.

— Il y en a tant qui meurent! s'exclama Gracieta. Cette maladie va vider nos villages. Bientôt, il n'y aura plus que des vieux et des enfants. Comment ça va se terminer?

Sofia ne savait pas quoi dire. Elle était heureuse d'avoir une cousine comme Gracieta qui était capable d'exprimer ses sentiments aussi ouvertement. Elle aiderait certainement Lydia à nouveau, s'il le fallait.

Sofia retourna chez elle.

Rosa était réveillée mais continuait à refuser de s'alimenter.

— Veux-tu que je reste avec toi? demanda Sofia.

— Non. Où est Lydia?

Étonnée par sa question, Sofia scruta le visage de Rosa. Ses yeux étaient fiévreux. Il était pourtant évident que Lydia était à la *machamba*. Sa sœur semblait avoir perdu la notion du temps.

— Elle ne va pas tarder à rentrer.

— Je veux ma maman, murmura Rosa. Je veux que ma maman soit avec moi.

Sofia traîna la machine à coudre dans la cour pour continuer à repriser les vêtements du Garçon de la lune. Elle l'avait rebaptisé. Ce nom-là ne l'amusait plus. Elle préférait le « Garçon à la cannelle ». C'est ainsi qu'elle l'appellerait désormais. Au moins jusqu'à la fin de cette journée. Elle eut un fou rire. Pour une raison mystérieuse, il lui avait confié ses vêtements. Elle ne comprenait pas pourquoi. D'ailleurs, comment avait-il su qu'elle avait une machine à coudre ? Quelqu'un avait dû le lui dire ? Mais qui ?

Elle se mit au travail.

Ses pensées commencèrent à vagabonder.

La maladie de Rosa n'existait plus. Pas plus que les menaces de monsieur Bastardo. Sofia était adulte. Elle était mariée et avait plein d'enfants. Elle avait une maison dont la façade était prolongée par une grande véranda. Il y avait même l'électricité. Rosa et Lydia venaient souvent lui rendre visite. Alfredo et Faustino étaient devenus de grands garçons. Le Garçon à la cannelle était enseignant, ou peut-être un grand homme politique qui se déplaçait en voiture. Sa voiture était encore plus grosse que celle de mon-

sieur Bastardo. Sofia était un médecin célèbre. C'était elle qui avait réussi à trouver le remède contre la terrible maladie.

Le rêve prit fin.

La réalité s'imposa et l'empêcha de continuer à nier la maladie de Rosa.

Alfredo s'était fait une plaie au genou qu'il vint lui montrer. Sofia la nettoya à l'eau claire. Ça devait piquer, mais il ne se plaignit pas.

— Qu'est-ce qu'elle a, Rosa ? demanda-t-il soudain.

De toute évidence, il avait peur de la réponse. Sofia se rendit soudain compte que personne ne lui avait rien dit. Il était toujours présent, il avait toujours une oreille qui traînait, mais Lydia et elle avaient tout simplement oublié de lui expliquer pourquoi Rosa ne mangeait pas et pourquoi elle passait ses journées dans la case.

— Rosa est malade, dit-elle. Très malade.

— Elle va mourir ?

La question était claire et nette. Alfredo l'avait bien préparée pour pouvoir la poser quand l'occasion s'y prêterait.

— Rosa va guérir, répondit Sofia.

Sans faire de commentaires, Alfredo s'assit par terre à côté de la cuisine et se remit à dessiner dans le sable. Malgré son jeune âge, il avait une capacité inégalable à s'entourer de silence.

« Pourquoi je mens ? se reprocha Sofia. Pourquoi je ne dis pas la vérité ? »

Elle reprit son travail.

Il lui restait deux chemises à faire quand l'aiguille se coinça. Elle tapa sur la machine dans une tentative infructueuse de la faire repartir.

— Je promets de dire la vérité dorénavant, chuchota-t-elle, persuadée d'avoir été punie pour avoir menti. J'ai eu tort mais je vais me reprendre.

C'étaient juste quelques grains de sable qui empêchaient la machine de fonctionner. Sofia actionna prudemment la roue et l'aiguille se libéra.

Elle alla retrouver Alfredo qui avait tracé un visage dans le sable.

Le visage de Rosa.

— Rosa est très malade, reprit Sofia. Elle va peut-être mourir.

Alfredo continua à dessiner sans rien dire.

Le moment fugace du coucher du soleil approchait.

Sofia avait terminé son travail et remit la machine dans la case. Rosa dormait. À moins qu'elle ne fasse semblant pour ne pas être dérangée.

Lydia rentra de la *machamba* très énervée.

— Monsieur Bastardo est là-bas avec sa grosse voiture. Il paraît qu'un bulldozer est en route, dit-elle, la voix tremblante de colère. On va encore monter la garde cette nuit.

— Rosa te réclame, dit Sofia.

Lydia se précipita dans la case oubliant momentanément la menace de monsieur Bastardo. Sofia alluma le feu et commença à préparer le repas du soir. Il n'y avait plus grand-chose dans le garde-manger. Juste un peu de riz et de maïs. Les légumes étaient pratiquement finis. Lydia vint s'asseoir devant le feu mais elle toucha à peine au plat.

— Il faut l'emmener voir un autre docteur, dit-elle. J'ai entendu dire qu'il y a un excellent *curandeiro* à Xai-Xai. Mais où trouver l'argent pour payer le ticket de bus ? Je dois maintenant retourner à la *machamba* et je ne reviendrai que demain soir.

Elle se leva et entra dans la case pour dire au revoir à Rosa.

Sofia entendit un cri.

Elle se dirigea vers la porte afin de savoir ce qui se passait avant de franchir le seuil accompagnée d'Alfredo qui avait peur. Il se blottit contre elle en lui serrant la main. Rosa était agrippée aux bras de Lydia. Elle criait qu'elle ne voulait pas que sa mère la laisse seule et qu'elle ne voulait pas mourir.

— J'irai à la *machamba*, dit Sofia. Il vaut mieux que tu restes à la maison.

Il faisait nuit quand Sofia arriva aux champs.

Le tonnerre grondait dans le lointain. Un feu flamboyait à l'endroit où la route et la plaine se joignaient. Les femmes étaient assises par terre. Elles bavardaient et riaient. Sofia ne se montra pas tout de suite. Elle resta un moment cachée dans le noir. Elle avait l'impression de voir l'image de sa future vie. Un jour, elle serait peut-être elle-même une de ces femmes qui surveillent leur champ tout en parlant et en balançant un enfant dans les bras. Ça aurait dû également être le destin de Rosa.

Elle interrompit sa réflexion de peur d'aller trop loin.

Pour l'instant, elle n'avait pas le courage de penser à Rosa. Elle avança jusqu'au feu et se fondit dans le groupe dans lequel elle se sentait en sécurité. La discussion était bruyante et engagée. Les invectives et les plaisanteries équivoques au sujet de monsieur Bastardo fusaient de partout. Peut-être était-ce une manière d'exorciser la peur. Il n'y avait rien de nouveau dans les commentaires, mais ça lui était égal. Elle était prête à tout réentendre.

Les unes après les autres, les femmes se couchèrent et s'endormirent.

Elles avaient dressé une liste de tours de garde. Sofia s'allongea, les béquilles sous sa tête, et se mit à contempler le ciel nocturne. Les étoiles semblaient l'observer. Finalement, le sommeil eut raison d'elle. Au réveil, elle se rendit compte qu'elle avait rêvé de monsieur Temba. Il lui avait fabriqué un panier ailé qui, à la surprise générale, avait pris son envol.

« Je rêve d'ailes, se dit Sofia. En réalité, c'est peut-être de mes jambes que je rêve. Je ne rêve pas de voler mais de marcher avec des jambes bien vivantes où le sang circule jusque dans les pieds. »

C'était maintenant à elle de prendre la garde.

Elle jeta quelques branches dans le feu tout en plongeant son regard dans les flammes. Mais celles-ci continuaient à garder leurs secrets.

Elle se leva en bâillant et avança jusqu'à la route.

La nuit était calme. Au loin, elle entendit un chien aboyer.

Puis elle entendit autre chose.

Ce fut d'abord un grondement sourd, à peine perceptible. Petit à petit, il prit de l'ampleur et soudain, elle vit des phares surgir en bas de la côte.

Elle comprit ce que c'était.

Un énorme bulldozer arrivait droit sur elle, comme un insecte géant.

Chapitre 23

Sofia réveilla rapidement les autres femmes. Encore sous l'emprise du sommeil, elles ajustèrent leurs capulanas et se réunirent au bord de la route. Le jour commençait à se lever. L'insecte gigantesque rampait lentement dans leur direction en vomissant de la fumée noire. Angoissées, les femmes s'interrogèrent sur l'attitude à prendre. L'une d'entre elles proposa qu'elles se couchent toutes nues sur la route, une autre qu'elles chassent l'engin à coups de pierres. Sofia se creusa fébrilement la tête : Qu'aurait fait Lydia ? Comme elle était là à sa place, il fallait qu'elle agisse en conséquence.

L'insecte s'arrêta et les regarda de ses yeux lumineux et glacials. Une voiture noire se rangea à ses côtés. Monsieur Bastardo en descendit et avança vers les femmes.

— Vous êtes encore là ? hurla-t-il. J'ai acheté cette terre. Elle m'appartient. Allez-vous-en !

Les femmes se mirent à pousser des cris terribles.

— De quoi allons-nous vivre ? C'est notre terre. Nous en avons la preuve écrite.

— J'ai le bras long. Je me fous de vos papiers. Je possède cette terre. Si vous ne fichez pas le camp, j'appellerai la police et vous irez toutes en prison.

Il ponctuait ses phrases en agitant un petit téléphone.

Sofia ne savait pas qu'il pouvait exister des appareils qui fonctionnent sans fil. C'était donc vrai, monsieur Bastardo allait appeler la police.

Les femmes continuèrent à déverser leur fureur sur monsieur Bastardo.

De quoi allaient-elles vivre ?

L'homme qui était sur la route ne les écoutait pas.

— Allez-vous-en, répéta-t-il. Ce n'est quand même pas quelques bonnes femmes qui vont m'arrêter. Je vous donne trois minutes pour déguerpir.

Monsieur Bastardo fit un signe au conducteur du bulldozer qui redémarra. Qu'aurait fait Lydia à ce moment précis ?

Des images défilèrent à toute vitesse dans la tête de Sofia.

Lydia avec sa binette. Faustino dans le dos. Année après année. En route pour la *machamba*. Semer, récolter, veiller sur le maïs et les légumes. Cultiver pour faire vivre la famille.

L'insecte approchait.

Monsieur Bastardo était planté sur le bord de la route. Il riait. Sofia saisit vigoureusement ses béquilles des deux mains et alla se mettre en plein milieu du trajet de l'insecte. Les femmes l'interpellèrent. L'insecte avançait. Monsieur Bastardo continuait à rire. À présent, il faisait jour, mais les yeux lumineux la fixaient toujours. Son cœur cognait dans sa poitrine. Elle avait peur mais elle n'avait pas l'intention de bouger. Elle resterait même si elle risquait de se faire écraser. L'insecte poussa un cri. Il klaxonna. Monsieur Bastardo ne riait plus. Il lui cria de se pousser. Elle ne bougea pas. L'insecte n'avançait plus. Il klaxonna de nouveau. Les femmes criaient. Monsieur Bastardo courut vers Sofia et essaya de la faire partir de force. Elle empoigna une de ses béquilles et le frappa. Il leva alors la main pour la gifler mais les spectatrices de la scène se précipitèrent sur lui en criant. L'insecte s'était arrêté à quelques mètres seulement de Sofia. Des gens accouraient de partout. Monsieur Bastardo s'essuya le visage. Il avait perdu sa voix à force de crier. Le conducteur du bulldozer commençait à avoir peur. Une véritable foule s'était maintenant réunie autour de lui. Monsieur Bastardo sentit que la situation était en train de prendre une tournure inquiétante. Quelqu'un se mit à jeter une pierre sur sa voiture.

— Je reviendrai avec des policiers, dit-il.

Une autre pierre atteignit son pare-brise.

Monsieur Bastardo donna des indications à l'homme qui conduisait l'engin avant de monter dans sa voiture et de s'en aller. L'insecte recula sous les cris triomphants des femmes. Sofia tremblait de tout son corps. Elle s'assit sur le bord de la route. Elle venait d'accomplir une action qui dépassait son courage.

« Il faut que je l'écrive dans mon journal, se dit-elle. *Il est possible de faire ce qu'on n'ose pas faire.* »

Une femme vint lui apporter de l'eau.

— Tu as été courageuse, dit-elle.

— Non, je n'ai pas été courageuse. J'ai seulement fait ce que Lydia aurait fait.

L'ambiance était toujours très agitée.

Monsieur Bastardo reviendrait. Cette fois-ci accompagné de policiers. Mais elles étaient toutes décidées à ne pas se laisser faire. Monsieur Bastardo n'allait pas leur prendre leur terre. Quel que soit le nombre de policiers qui viendraient avec lui.

Sofia décida de retourner chez elle.

La journée s'annonçait chaude. Elle marchait lentement. Ce qui venait de se passer avait déjà dans sa tête pris la forme d'un rêve étrange. Elle était persuadée que monsieur Bastardo allait revenir, mais elle savait que les femmes étaient prêtes à tout. Elles allaient défendre leur terre. Les villageois seraient bientôt tous informés sur ce qui s'était produit et personne n'hésiterait plus à se mettre au milieu de la route si jamais monsieur Bastardo revenait avec son bulldozer.

Sofia s'arrêta pour rattacher une des lanières de ses prothèses qui s'était défaite.

Une pensée terrible la frappa soudain.

Et si Rosa était déjà morte ? Peut-être avait-elle senti que la fin était proche ? Peut-être était-ce pour cela qu'elle avait demandé à Lydia de rester avec elle ?

Sofia hâta le pas.

La lanière se détacha de nouveau. Elle jura,

la rattacha et reprit son chemin. L'idée que Rosa les avait peut-être quittés la terrorisait.

En arrivant, elle découvrit avec soulagement que sa sœur était encore en vie. Elle était même sortie se reposer à l'ombre de la case. Une immense joie parcourut Sofia. Était-ce possible qu'elle aille mieux ? Le docteur Nkeka se serait-il trompé ? Y aurait-il eu une erreur de diagnostic ?

Rosa était seule à la maison.

Lydia, Alfredo et Faustino étaient tous partis. Rosa leva des yeux fiévreux vers Sofia dont l'espoir avait été de courte durée. Rosa allait toujours aussi mal.

— Comment te sens-tu ? demanda Sofia doucement.

— Je peux t'assurer que tu vas mieux que moi.

La réponse était cinglante. Rosa avait planté son dard dans Sofia exactement comme l'autre jour, quand elle avait jeté ses béquilles. Sofia eut de la peine.

— C'était seulement une question, dit-elle. Rien d'autre.

— Pourquoi tu la poses puisque tu connais déjà la réponse, lui siffla Rosa en cherchant à attraper une de ses béquilles pour la faire tomber.

— Où est Lydia ? dit Sofia dans une tentative de détourner la conversation.

— Je n'en sais rien.

Lydia ne partait jamais sans dire où elle allait.

Rosa avait envie d'être méchante et Sofia n'avait pas la force de lui raconter ce qui s'était passé au petit matin à la *machamba*.

Sofia se retira.

Elle aurait dû manger quelque chose avant de se coucher, mais elle n'avait pas faim. Elle promena son regard autour d'elle en repensant aux événements de la nuit. Elle pensa aussi à Rosa, qui la haïssait parce qu'elle ne supportait pas qu'elle soit en bonne santé alors qu'elle-même était gravement malade.

Quelque chose avait changé dans la chambre. Mais quoi ? Sofia s'aperçut soudain que les vêtements du Garçon à la cannelle avaient disparu. Elle était certaine d'avoir posé le paquet à côté de la machine à coudre. Mais il n'y était plus. Elle le chercha sous le lit et dans la pièce d'à côté. Puis elle ressortit dans la cour. Rosa était allongée mais elle ne dormait pas.

— As-tu vu le paquet que j'avais posé à côté de la machine à coudre ?

Rosa se redressa lentement.

— Quel paquet ?

— Il contenait des vêtements que j'avais raccommodés, expliqua Sofia.

L'ambiance était lourde.

— Quelqu'un est venu le chercher.

— Qui ?

— Un garçon. Il voulait payer mais je lui ai dit que ce n'était pas la peine. Que tu ne voulais pas te faire payer.

Sofia se raidit. Comment Rosa avait-elle pu lui faire ça ?

— Il t'a dit son nom ?

— Je ne me souviens plus. Je lui ai fait comprendre que tu n'avais plus envie de t'occuper de ses vieilles affaires usées.

Hors d'elle, Sofia faillit frapper sa sœur mais elle se maîtrisa à temps.

Si Rosa avait pu, elle lui aurait transmis sa maladie, tellement elle semblait la détester.

Sofia ne savait pas quoi dire.

— J'ai seulement fait ce qui m'a semblé juste, dit Rosa en souriant.

Sofia retourna dans la case sans rien dire.

Elle s'allongea sur le lit. Le Garçon à la cannelle ne reviendrait plus. Rosa l'avait chassé. Si Sofia n'avait pas remplacé Lydia à la *machamba*, ce ne serait pas arrivé. À présent, c'était trop tard. Sofia ne connaissait pas son nom. Elle ne savait pas où il habitait. Et il ne reviendrait plus. Si Rosa avait été en bonne santé, Sofia aurait pu la haïr. Mais maintenant c'était impossible.

Sofia attrapa son cahier et son crayon.

Je viens de comprendre que la mort ne se contente pas de prendre la vie d'une personne. Elle est aussi capable d'inspirer de la méchanceté à quelqu'un de gentil. Non, « la méchanceté » n'est pas le mot exact. Il faudrait plutôt dire « la peur ». Elle sème aussi la jalousie pour brouiller les gens entre eux. Même si je suis en colère contre Rosa, il faut que j'essaie de la comprendre. Bien que ce soit difficile. Peut-être impossible.

Elle n'avait pas la force de continuer à écrire. Elle rangea le cahier sous son oreiller, ferma les yeux et s'endormit.

La grosse machine revint dans son rêve et prit, petit à petit, la forme d'un vrai insecte qui rampait droit sur elle.

C'était un cafard, ou peut-être une mouche. Elle cherchait désespérément à se sauver, mais l'insecte était plus rapide qu'elle. Et pendant tout ce temps, elle entendait le rire de monsieur Bastardo.

Elle ouvrit les yeux et vit Lydia qui était penchée sur elle, la foudroyant du regard.

— Qu'est-ce que tu as fait ? demanda-t-elle. Qu'est-ce que tu as fait à Rosa ?

Sofia s'assit.

— De quoi parles-tu ?

— Elle m'a dit que tu l'avais frappée.

Lydia tremblait de colère.

Elle serra les épaules de Sofia de toutes ses forces.

— Comment peux-tu vouloir faire du mal à ta sœur qui est malade ?

Le coup vint de nulle part.

Sofia reçut une gifle qui la projeta en arrière contre le mur. Lydia ne l'avait jamais frappée auparavant. Jamais.

— Tu vas immédiatement demander pardon à ta sœur, dit Lydia en quittant la chambre.

Sofia avait la joue en feu. Elle pensa au garçon qui était venu chercher ses vêtements pendant qu'elle empêchait la machine de monsieur Bastardo d'atteindre les champs.

« Je n'en peux plus, se dit-elle. Je n'ai plus la force. Rosa mourra seule et Lydia défendra son champ seule avec les autres femmes. Moi, j'ai perdu mes jambes et je n'ai plus le courage de continuer. »

Chapitre 24

Les mots de Rosa lui avaient été dictés par sa détresse.

Des mots noirs, calcinés, chargés de remords et de peur.

Sofia alla la retrouver dans la cour.

— Je ne peux pas te demander pardon pour quelque chose que je n'ai pas fait, dit-elle.

Rosa éclata en sanglots.

Elle ne savait pas elle-même pourquoi elle avait accusé Sofia de l'avoir frappée. Rien de ce qu'elle avait dit n'était vrai. Lydia était déconcertée et ne savait plus comment réagir.

— Tu m'as menti ? dit-elle en attrapant Rosa par le bras.

— Oui.

— Pourquoi racontes-tu des choses qui ne sont pas vraies ?

— Je ne sais pas.

Sofia empêcha Lydia de pousser Rosa plus loin dans ses retranchements.

Elle comprenait très bien l'attitude de sa sœur. Après son accident, elle avait eu des pensées méchantes, elle aussi.

Sofia avait soif et se retira dans la cuisine pour boire de l'eau.

Lydia la rejoignit.

— Je n'aurais pas dû te gifler.

— Non, dit Sofia en regardant sa mère droit dans les yeux. Tu n'aurais pas dû.

Sofia pouvait pardonner à Rosa. Mais pas à Lydia. Pas encore.

Elle raconta à sa mère les événements de la nuit.

Elle lui parla du bulldozer, de monsieur Bastardo. Lydia l'écouta attentivement, d'abord avec inquiétude puis avec surprise.

— C'est vraiment comme ça que ça s'est passé ? Tu t'es mise au milieu de la route ? Et les autres t'ont suivie ?

— Tu n'as qu'à leur demander. Mais le plus important c'est que monsieur Bastardo a menacé de revenir. Avec plein de policiers.

— J'irai là-bas cette nuit, dit Lydia. Peux-tu me pardonner de t'avoir giflée ?

— Pas encore. Demain.

Le soir, ils se réunirent tous autour du feu. Lydia était bavarde. Elle parlait de tout et de rien, comme chaque fois qu'elle était inquiète. Rosa, qui était contente de passer un moment avec eux, n'avait toujours pas faim. En voulant se lever, elle perdit l'équilibre et faillit tomber.

« Il y a quelque temps, elle n'avait pas la force de soulever sa binette, pensa Sofia. Maintenant, elle n'a même plus la force de supporter son propre poids. »

Après le repas, Lydia se prépara pour aller prendre la garde à la *machamba*.

— Tu crois vraiment qu'il va revenir ? demanda-t-elle. Et qu'il sera accompagné par des policiers ?

— Je n'en sais rien.

Malgré les protestations de Sofia, elle emmena Faustino.

— Les policiers hésiteront sûrement à frapper une mère accompagnée de son enfant, dit-elle avant de se fondre dans l'obscurité, Faustino attaché dans le dos.

Sofia n'en était pas persuadée mais la décision de Lydia était sans appel.

Alfredo vint s'asseoir à côté de Sofia.

Il avait quelque chose sur le cœur, ça se voyait, mais il n'arrivait pas à le dire. Il avait besoin de temps pour trouver les mots. Une femme se mit à chanter dans le lointain. Sa belle voix mélodieuse montait et descendait dans le silence de la nuit.

— Armando, finit-il par dire.

Sofia, qui avait ses pensées ailleurs, ne comprit pas tout de suite.

— Que dis-tu?

— Armando.

— C'est qui?

— Lui.

— Qui?

— Le garçon qui est venu chercher ses vêtements.

Sofia écarquilla les yeux. Était-ce possible?

— Tu en es sûr?

— J'ai entendu Rosa lui parler. Elle lui a demandé son nom. Armando.

— Seulement Armando? Rien d'autre?

— Saia.

Saia*... C'était un drôle de nom de famille.

* Saia signifie «jupe» en portugais.

— Tu as dû mal comprendre. Armando Saia? C'est vraiment ça?

— Oui.

Alfredo était à la fois sûr de lui et fier. Il n'y avait pas de doute. C'était bien son nom. Armando Saia.

Comme dans un rêve, des images se mirent à virevolter dans le feu devant Sofia.

Armando et Sofia. Sofia et Armando. Sofia Saia. Des bribes de scènes dansaient parmi les flammes.

— Il a dit où il habitait?

— Non.

— Il est allé où après. Dans quelle direction?

— Il est parti en vélo.

En vélo. Alfredo avait prononcé le mot avec émerveillement. Un vélo, le rêve d'Alfredo. Mais un rêve parfaitement irréalisable. Lydia et Sofia n'auraient jamais assez d'argent pour lui acheter un vélo.

— Il est parti par là, dit Alfredo en indiquant la descente du doigt.

C'était le chemin qu'il avait pris le soir de la pleine lune quand Sofia l'avait rencontré pour la première fois.

— Surveille le feu, dit Sofia en se levant.

— Tu vas où, s'inquiéta Alfredo.

— Je vais seulement voir monsieur Temba. Je reviens tout de suite.

— Je l'ai vu entrer dans la case de l'A Gorda*.

« Il voit tout, même dans le noir, se dit Sofia. Rien ne lui échappe. »

Alfredo avait pris l'habitude de donner des surnoms aux gens. Madame Mukulela c'était « A Gorda », monsieur Temba « O Chapeu* ».

Sofia hésita. Oserait-elle frapper à la porte de madame Mukulela ? Il n'était pourtant pas tard et il aurait été étonnant qu'ils soient déjà au lit. Mais le moment était peut-être mal choisi. Tant pis. Le plus important, c'était le garçon. Armando Saia. Monsieur Temba connaissait tout le monde dans les villages alentour et si la famille Saia existait, il saurait immédiatement lui dire où elle habitait.

Sofia se dirigea vers la maison de madame Mukulela.

La porte était fermée. Elle s'apprêtait à frapper quand elle entendit des bruits de l'intérieur : le rire joyeux de madame Mukulela et le grommellement ravi de monsieur Temba. Le grincement du lit indiquait qu'ils étaient couchés.

**A Gorda* signifie « la grosse » en portugais.
O Chapeu signifie « le chapeau » en portugais.

Une faible lumière s'échappait par la fente entre la porte et le mur. La tentation fut trop grande. Sofia approcha son visage et aperçut quelques bougies qui brûlaient sur une petite table. Madame Mukulela et monsieur Temba étaient allongés sur le lit. Tout nus. L'énorme corps de madame Mukulela semblait avaler celui de monsieur Temba. Sofia recula mais regarda de nouveau, poussée par la curiosité. Elle colla son œil contre la porte. Elle n'avait jamais vu un homme et une femme dans cette position. Ils riaient tous les deux. Les dents de madame Mukulela brillaient dans le noir. Ses bras étaient noués derrière le dos de monsieur Temba. Sofia se réjouit de ce qu'elle voyait. Deux personnes pouvaient difficilement se trouver plus près l'une de l'autre. Elle pouffa de rire en constatant que monsieur Temba avait tout de même accepté d'enlever son chapeau.

Elle serait bien restée là à les regarder encore un peu mais elle décida de les laisser tranquilles et de retourner à la maison. Alfredo s'était endormi à l'endroit où elle l'avait laissé. Après l'avoir porté dans la case, elle raviva le feu à l'aide de quelques branches qui s'embrasèrent aussitôt. Puis, elle s'étendit par terre pour regarder les flammes et ne tarda pas à s'endormir.

Elle se réveilla brutalement. Quelqu'un la secouait. Monsieur Temba était penché au-dessus d'elle.

— J'allais justement rentrer chez moi quand je t'ai vue qui dormais devant le feu.

Tout ébouriffée et mal réveillée, Sofia ne savait pas depuis combien de temps elle était là.

Il faisait encore nuit.

— Cet horrible coq ne va pas tarder à chanter, dit monsieur Temba comme s'il avait lu dans ses pensées.

Sofia retrouva rapidement ses esprits.

— Armando Saia, dit-elle, y a-t-il une famille dans les environs qui porte le nom de Saia ?

Monsieur Temba réfléchit un instant.

— Oui, il y a une famille Saia, dit-il sans lui demander les raisons de sa question. Elle habite tout près du fleuve.

Il fit un geste pour indiquer la direction.

— Le père est garagiste. Il s'appelle Carlos. Il a peut-être un fils qui s'appelle Armando.

Monsieur Temba souleva son chapeau et disparut dans la nuit.

La braise était presque éteinte. Sofia pensa au garçon en récapitulant tout ce qu'elle savait de lui : il avait un pantalon troué, il sentait la cannelle, son nom de famille était Saia, il avait un vélo et il habitait près du fleuve. Mais elle savait aussi que Rosa l'avait chassé.

Elle écarta toutes les pensées qui la rendaient malheureuse.

Elle s'en occuperait plus tard. Pour l'instant, elle n'en avait pas la force. Sa tête était vide.

Le coq chanta. L'aube commençait à poindre mais il restait encore une heure avant que les différentes activités ne reprennent. Sofia se leva, recouvrit la braise de sable et entra dans la case pour essayer de dormir encore un peu.

Un coup retentit.

Elle tendit l'oreille.

Un deuxième.

Il venait de très loin.

Quelque chose était peut-être tombé?

En entendant le bruit une troisième fois, elle n'hésita plus.

Il s'agissait bien d'un coup de feu.

« Les policiers », se dit-elle.

Monsieur Bastardo était revenu avec les policiers et ils étaient en train de tirer sur Lydia et les autres femmes.

Les tirs se poursuivirent.

Sofia se précipita en direction des champs.

« Pourvu que rien ne soit arrivé à Lydia. »

« Pourvu que… »

Chapitre 25

Quand Sofia arriva à la *machamba* tout était fini.

Le soleil s'était levé et il faisait jour. Une foule s'était rassemblée sur la route. La peur que quelque chose de terrible ne soit arrivé avait tenaillé Sofia pendant tout le trajet. Malgré ses difficultés, elle avait couru les derniers mètres pour arriver le plus vite possible. Elle s'attendait à trouver les bords de la route jonchés de cadavres.

Mais Lydia était vivante.

Faustino aussi. Les policiers qui étaient là et qui étaient armés, ressemblaient à des termites dans leurs uniformes gris. Monsieur Bastardo était également sur place mais il était en train de monter dans sa voiture noire pour repartir au moment où Sofia arriva. En découvrant Lydia parmi les femmes, elle ressentit un soulagement sans bornes. Il régnait une ambiance chaotique et nerveuse, mais personne n'était blessé.

Sofia se fraya un chemin jusqu'à Lydia.

— J'ai entendu des coups de fusil, dit-elle.

— Oui, ils ont tiré, mais pas sur nous. Ils ont seulement tiré en l'air pour nous intimider, mais comme ça n'a pas marché, ils ont abandonné. Quand je pense aux menaces de monsieur Bastardo ! Il a vraiment fait venir les policiers, mais ça ne lui a servi à rien puisqu'ils ont refusé de tirer sur nous. Maintenant ils savent que nous n'avons pas peur et que nous ne nous laisserons pas faire.

Le bulldozer et les policiers rebroussèrent chemin. La voiture noire de monsieur Bastardo n'était déjà plus visible.

Les femmes jubilaient et se mirent à danser sur la route. Sofia suivit Lydia du regard. Elle dansait bien. Faustino, toujours attaché dans son dos, était bercé par les mouvements rythmés de son corps.

Lydia et les autres femmes retournèrent à

leur travail dans les champs et Sofia prit le chemin du retour.

À plusieurs reprises elle fut obligée de s'arrêter pour refaire les lanières de ses jambes, mais à présent ça n'avait plus aucune importance. Elle avait tout son temps.

Elle eut soudain l'impression que Maria marchait à côté d'elle.

Elle était vêtue de sa robe blanche.

— Que s'est-il passé? demanda-t-elle.

Sofia expliqua.

Elle lui parla de la grosse machine, de monsieur Bastardo et de l'odeur âpre de poudre qui avait flotté sur la route. Maria écouta et posa ensuite des questions sur Rosa. Sofia répondit qu'elle était gravement malade et qu'elle allait mourir. Maria ne parut pas surprise.

Sofia avait aussi de nombreuses questions à lui poser. Elle voulait savoir, par exemple, comment c'était après la mort, mais puisque Maria disparaissait chaque fois qu'elle cherchait à formuler ce genre de pensées, elle s'abstint.

Maria marcha silencieusement à côté d'elle jusqu'au village et s'éloigna dès que leur case fut à portée de vue.

Sofia trouva Rosa assise adossée au mur. Elle

dormait. Elle avait encore maigri. Sa peau était tendue sur ses os.

Sofia s'arrêta au milieu de la cour et promena son regard autour d'elle.

Tout était comme d'habitude. Et pourtant différent. Depuis la maladie de Rosa, même le sable dans la cour avait changé, sans que Sofia puisse s'expliquer comment.

Elle entra dans la case et s'assit sur le bord du lit pour écrire dans son journal.

Plus tard elle s'occuperait de ce qui s'était passé à la *machamba*. Pour l'instant, c'était surtout une liste de souhaits qui occupait son esprit. Elle voulait énumérer tout ce qui était important pour elle. Elle réfléchit longuement sur l'ordre de priorité à donner à ses désirs tout en sachant très bien qu'ils étaient irréalisables. Mais personne ne pouvait l'empêcher de les exprimer.

Maria vivante.

Rosa en bonne santé.

Mes jambes. (Celles d'origine).

Mes jambes. (Celles d'origine. Il vaut mieux le répéter.)

Le garçon à vélo. Armando Saia.

Des enfants.

Être médecin.

Retourner à l'école.

Une vie millénaire pour Lydia.

Un bon stylo.

Elle relut ce qu'elle venait d'écrire.

La liste aurait pu être beaucoup plus longue mais les points mentionnés étaient les plus importants. L'ordre de priorité était correct. Plus que tout, elle voulait que Maria revienne et que Rosa reste avec elle.

À la fin de la journée, Lydia revint des champs. Elle était de bonne humeur et se comportait comme si elle avait oublié la maladie de Rosa. Lydia n'arrivait à exprimer qu'un grand sentiment à la fois. À présent, c'était la joie d'avoir chassé monsieur Bastardo qui l'emportait sur les autres.

— Il voulait utiliser nos champs pour construire un terrain de golf. Tu sais ce que c'est ?

Sofia n'avait jamais entendu ce mot.

— Maintenant il pleut juste ce qu'il faut et les légumes poussent bien, poursuivit Lydia. Au début de la semaine prochaine, je pourrai commencer à les vendre.

« Voilà pourquoi elle est si heureuse », se dit Sofia.

Ce n'est pas seulement parce que monsieur

Bastardo est parti, mais aussi parce qu'elle va pouvoir vendre ses légumes et utiliser l'argent pour acheter du riz, du maïs et de l'huile.

Lydia alla au lit de bonne heure.

Rosa dormait déjà. Peut-être le sommeil était-il une manière de s'habituer à la mort.

Sofia repoussa cette pensée.

Elle la refusait. Qui pourrait dire qu'il ne se produirait pas quelque chose qui aiderait Rosa à surmonter sa maladie ? On ne pouvait jamais savoir. Lydia avait bien dit qu'il existait d'autres médecins que le docteur Nkeka. Et d'autres curandeiros que monsieur Nombora. Il ne fallait pas se résigner. Il s'agissait de la vie et il fallait continuer la lutte.

Sofia alimenta le feu.

Couchée sur le côté, elle contempla les flammes. Puis, elle s'allongea sur le dos. Le ciel était dégagé. Elle avait oublié que la lune était pleine. Elle distingua nettement les ombres noires à sa surface. Elle respira profondément et donna libre cours à ses pensées.

« Je suis adulte, songea-t-elle. Ma sœur va mourir. Je vais perdre ma deuxième sœur et il faut que je reste calme et digne par égard pour les autres. »

Son regard passait de la lune au feu comme

si elle naviguait entre les deux. Quel est le sens de la vie ? D'où venons-nous ? Pourquoi faut-il mourir ? Où se cache la mort ? Pour quelle raison a-t-elle choisi de s'attaquer à Rosa ? Les questions étaient nombreuses mais il n'y avait aucune réponse. Sofia regarda de nouveau le ciel. Un petit sifflement se fit entendre. C'était un oiseau de nuit qui passait devant elle en battant des ailes.

Puis un autre bruit attira son attention.

Un bruissement. Ou plutôt un craquement. On aurait dit qu'il venait de la route.

Elle se redressa.

Tout au bout de la route, elle distingua le phare d'un vélo. Quand le vélo fut à sa hauteur, il s'arrêta. Le phare s'éteignit. Était-ce possible ? Sofia se leva et se dirigea lentement vers la route sans oser y croire. Ça ne pouvait pas être vrai. Elle se trompait forcément.

Mais c'était bien lui !

Le Garçon de la lune, le Garçon à la cannelle, Sergio, Zé, Armando. Les différents noms qu'elle lui avait donnés défilèrent dans sa tête. Il était vêtu du pantalon qu'elle avait raccommodé.

— Je passais par là, dit-il. Je voulais en profiter pour te remercier.

Sofia se remémora ce que Rosa lui avait

appris : « De la distance. Ne sois pas trop aimable. »

— Tu passais par là ? En pleine nuit ?

Il rit.

— Oui. J'aime bien me promener à vélo. Surtout la nuit.

— Pourquoi ?

— Je ne sais pas.

La conversation s'arrêta.

« Qu'est-ce que je fais maintenant ? se demanda Sofia. Comment faire pour qu'il ne reparte pas ? »

— Le pantalon est très bien, dit Armando.

— J'ai appris par Rosa que tu étais venu.

— Je crois qu'elle ne m'aime pas, dit-il d'une voix triste.

Sofia se sentit obligée d'expliquer le comportement de Rosa.

— Ma sœur est malade.

— Je m'en suis douté.

— Comment ?

— Elle était maigre et pâle.

— Mais moi, je ne suis pas malade.

Les mots étaient sortis de sa bouche malgré elle.

« Quelle idiote ! pensa-t-elle. Pourquoi j'ai dit ça ? »

Armando ne semblait pas choqué.

— Moi non plus, dit-il.

La conversation s'arrêta de nouveau.

Sofia voulait à tout prix le retenir. S'il disparaissait maintenant, ce serait pour toujours.

— Il fait chaud, dit-elle.

— Oui.

— Et la lune est pleine.

— Oui.

— Je t'aime beaucoup.

Sofia faillit en perdre ses béquilles de surprise.

Les mots s'étaient échappés d'elle de manière incontrôlable. Elle avait dit « Je t'aime beaucoup » !

— Toi aussi, tu me plais, dit Armando. On ne se connaît pas, et pourtant…

— Pourtant quoi ?

— C'est le vélo qui m'a conduit ici. Hier soir quand je suis venu et que tu n'étais pas là j'ai été un peu déçu.

Il s'avança et s'arrêta juste devant elle. Sofia posa sa main sur le guidon du vélo. Elle n'osait pas le regarder, mais elle sentait l'odeur de la cannelle.

Elle leva les yeux vers lui.

Il la regardait.

— Il faut que je rentre mais, si tu le veux bien, je reviendrai te voir.

— Oui, s'il te plaît.

Encore une fois, elle avait dit quelque chose de stupide. Pourquoi « s'il te plaît » ?

Armando repartit.

Sofia aurait couru derrière lui si elle avait pu.

Maintenant elle savait ce qu'était le bonheur.

Elle n'avait plus besoin d'interroger le feu.

La réponse était là où elle devait la chercher : à l'intérieur d'elle-même.

Épilogue

Rosa mourut un après-midi d'orage. Les dernières gouttes de pluie tombèrent lentement sur le toit en même temps que la respiration de Rosa devint de plus en plus faible. Sa vie si fragile n'était plus qu'une lueur à peine perceptible qui s'éteignit dans un dernier souffle.

Rosa mourut dans le lit de Sofia.

Lydia et Sofia lui tenaient les deux mains. Alfredo serrait un de ses pieds.

Ce fut l'image la plus forte que ce moment laissa dans le souvenir de Sofia : Alfredo tenant le pied de Rosa.

Rosa était très maigre et son visage était recouvert de plaies.

Les derniers temps, elle avait dormi presque

sans interruption. Elle se réveillait seulement pour vérifier que tous ses proches étaient autour d'elle.

Un jour que Sofia était seule à son chevet, Rosa avait prononcé une phrase qui resterait à tout jamais gravée dans sa mémoire :

— Je n'ai plus peur. Je n'ai plus peur du tout.

Six mois s'étaient écoulés depuis le combat que Lydia et les autres femmes avaient mené contre monsieur Bastardo. L'état de Rosa s'était progressivement aggravé. Le docteur Nkeka était venu la voir à plusieurs reprises mais il avait seulement pu constater qu'il n'y avait plus rien à faire. Même si Lydia le savait au fond d'elle, elle était incapable de l'accepter.

Les gouttes de pluies sur le toit, Alfredo tenant le pied de Rosa entre ses mains.

Et tout était fini.

L'enterrement eut lieu dès le lendemain.

Monsieur Temba se rendit à pied jusqu'à Boane pour acheter un cercueil. Lydia était inconsolable. Sofia s'obligea à rester forte. Elle était devenue la mère de sa propre mère.

Rosa eut sa sépulture parmi les autres tombes sur une colline près du fleuve. Elle allait rejoindre sa sœur décédée. Sofia était contente que Rosa échappe à la solitude que Maria avait eu à supporter pendant si longtemps. Elle se dit aussi que, plus tard, elle aurait deux filles qui s'appelleraient Maria et Rosa.

Armando n'assista pas à l'enterrement.

Mais Sofia savait qu'il n'était pas loin.

Le soir de la mise en terre, Sofia passa un moment seule devant le feu.

Lydia, épuisée, s'était endormie très vite. Sofia plongea son regard dans les flammes à la recherche d'un signe. Elle eut de nouveau le sentiment de se comporter comme une enfant. Le feu n'avait pas de voix. Les flammes n'avaient rien à lui dire.

Soudain, elle sursauta.

Elle vit un visage. Des yeux, une bouche et des joues se détachaient parmi les flammes.

Elle le reconnut.

Armando était revenu.

Ce soir-là, le feu exhala l'arôme particulier de l'épice appelée cannelle.

Le deuxième des trois romans sur Sofia se termine ici. Le premier s'intitulait Le secret du feu. *Le troisième, qui viendra clore la série, aura pour titre* La colère du feu.

Henning Mankell

L'auteur est né à Stockholm, en Suède, en février 1948, mais son esprit assez aventureux l'a conduit en Afrique, il vit actuellement au Mozambique. Il est le père d'un jeune garçon qui, précise-t-il, aime beaucoup lire.

Henning Mankell écrit pour les enfants depuis longtemps, mais il écrit également pour les adultes et est à l'occasion metteur en scène de théâtre.

Pour écrire, Henning Mankell observe ce qui se passe autour de lui et s'en inspire.

Dans la collection Castor Poche, il est l'auteur de :

Le chat qui aimait la pluie, n° 518

La société secrète, n° 656

Le secret du feu, n° 628

Agneta Segol

La traductrice vit en Normandie. Elle a fait ses premières traductions pour que ses enfants et leurs amis connaissent ses livres préférés. Elle a ensuite continué par plaisir.

« Le suédois est ma langue maternelle et ma langue de référence, mais je vis en France depuis suffisamment longtemps pour que le français soit devenu ma langue aussi. Il arrive cependant que le suédois me joue des tours et je fais appel à une amie. »

Bruno Pilorget

L'illustrateur de la couverture est né en 1957 à Vannes. Après deux ans passés à étudier aux Beaux arts de Lorient, il se lance dans l'illustration. Il débute pour Gallimard en 1982. Depuis il a illustré près de 70 romans, contes ou albums chez différents éditeurs. Il a vécu douze ans à Paris, puis est parti vivre avec sa femme, auteur-illustratrice, et ses deux garçons, près de la mer du golfe du Morbihan, à Arradon.

Castor Poche, des livres pour toutes les envies de lire: pour ceux qui aiment les histoires d'hier et d'aujourd'hui, ici, mais aussi dans d'autres pays, voici une sélection de romans.

832 Les insurgés de Sparte **Senior**
par Christian de Montella
À Sparte, la loi impose de n'avoir que des enfants vigoureux. L'un des jumeaux de Parthénia est si frêle qu'elle le confie en secret à une esclave émancipée. Mais les deux frères vont se retrouver et s'affronter...

831 Les disparus de Rocheblanche **Junior**
par Florence Reynaud
Au IXe siècle, les habitants de l'Aquitaine vivent dans la terreur des vikings, qui saccagent les villages et enlèvent les enfants... Églantine et son petit frère sont ainsi vendus comme esclaves.

830 Chandra **Senior**
par Mary Frances Hendry
À onze ans, Chandra est mariée, suivant la tradition indienne, à un jeune garçon qu'elle n'a jamais vu. Après leur rencontre, ce dernier meurt brutalement : Chandra est accusée de lui avoir porté malchance.

829 Un chant sous la terre **Junior**
par Florence Reynaud
Isabelle a douze ans et doit travailler à la mine pour aider sa famille. Mais elle a un don, sa voix fait frémir d'émotion quiconque l'entend chanter. Une terrible explosion bloque Isabelle dans la mine, son don pourra-t-il alors la sauver ?

828 Léo Papillon **Junior**
par Lukas Hartmann
Léo, huit ans, souffre de sa maladresse. Il aimerait être léger et beau comme un papillon. Son rêve consiste alors à s'enfermer dans un cocon de fils multicolores, en attendant la métamorphose...

827 **La chance de ma vie** — **Senior**

par Richard Jennings

Quand on a douze ans, recueillir un lapin blessé semble bien naturel, voir banal. Pourtant, Orwell est plus qu'un animal... c'est une chance !

825 **Temmi au Royaume de Glace** — **Junior**

par Stephen Elboz

Les soldats de la Reine du Froid ont enlevé Cush, un ourson volant qui vit dans la forêt près de chez Temmi. Temmi les suit au Château des Glaces, où toute chaleur est proscrite. Mais des insoumis organisent une rébellion.

824 **Les maîtres du jeu** — **Senior**

par Roger Norman

Edward a douze ans. Il découvre chez son oncle un jeu de société qui renferme un mystérieux secret. Il se retrouve plongé dans un terrible engrenage, où le jeu et la réalité se rejoignent.

823 **Akavak et deux récits esquimaux** — **Senior**

par James Houston

Akavak, Tikta'Liktak et Kungo l'archer blanc sont esquimaux. Dans l'univers rigoureux du grand Nord, ces héros doivent lutter pour survivre : découvrez leurs trois aventures au pays des icebergs...

821 **Ali Baba, cheval détective** — **Junior**

par Gisela Kaütz

Pendant une représentation du cirque Tenner, quelqu'un a dépouillé les spectateurs de leurs portefeuilles. Sarah, la fille du directeur, découvre le butin caché dans le box de son cheval Ali Baba. L'enquête est ouverte...

820 L'étalon des mers **Senior**

par Alain Surget

Leif et son père Erick, bannis de leur village de vikings, embarquent sur un drakkar avec Sleipnir, leur magnifique étalon. Leur voyage les conduit d'abord au Groenland, où ils font la connaissance des Inuits.

819 Mon cheval, ma liberté **Junior**

par Métantropo

Aux États-Unis en 1861, la guerre de Sécession fait rage. Amidou, jeune esclave noir, s'occupe des chevaux d'une plantation. Lui seul peut approcher Stormy, le fougueux étalon, ce qui déclenche la jalousie du fils aîné.

818 Une jument dans la guerre **Senior**

par Daniel Vaxelaire

Pierre, fils de paysan dans la France napoléonienne, rêve de devenir un héros. Il part rejoindre les troupes de l'Empereur qui se battent en Italie. Le chemin n'est pas sans danger mais le destin met sur sa route une jument qu'il adopte et baptise… Fraternité.

817 Pianissimo, Violette ! **Senior**

par Ella Balaert

Violette a dix ans et vient de déménager. Elle se fait bien à sa nouvelle vie. Le seul problème, c'est son professeur de piano : « Le Hibou » lui mène la vie dure et pourtant Violette s'applique !

816 Pas de panique ! **Senior**

par David Hill

Rob adore les randonnées en haute montagne. Il est loin d'imaginer qu'il va falloir assurer pour six ! Car le guide de son groupe meurt brutalement… facile de dire « pas de panique » dans ces conditions.

815 Plongeon de haut vol **Senior**
par Michael Cadnum
Bonnie pratique le plongeon de compétition. Un jour, elle se cogne la tête contre le plongeoir et depuis n'arrive plus à plonger. En plus, son père est accusé d'escroquerie...

814 Et tag! **Senior**
par Freddy Woets
Vincent a une passion : peindre, dessiner et surtout taguer. Mais le jour où Alma se moque de son dernier tag en le traitant de ringard, Vincent est profondément vexé...

810 Une rivale pour Louisa **Junior**
par Adèle Geras
Louisa déteste la nouvelle du cours de danse : elle est trop douée! Un chorégraphe vient recruter de jeunes danseurs : et s'il ne choisissait que Bernice? Heureusement, la chance et l'amitié triompheront de leur rivalité.

809 Louisa près des étoiles **Junior**
par Adèle Geras
Louisa rêve d'assister à une représentation de Coppélia, mais les billets sont chers, et de toute façon, il ne reste aucune place ! Heureusement, la chance lui sourit : Louisa va même pouvoir rencontrer les danseurs étoiles!

808 Le secret de Louisa **Junior**
par Adèle Geras
Tony, le nouveau voisin de Louisa, est doué pour la danse, mais il est persuadé que seules les mauviettes font des entrechats. Pour cultiver ce talent caché, la petite « graine de ballerine » a une idée en tête...

807 Les premiers chaussons de Louisa **Junior**
par Adèle Geras
Louisa en rêvait depuis des mois : à huit ans, elle enfile enfin ses premiers chaussons de danse! En attendant de faire une grande carrière, il faut travailler sans relâche pour le gala de fin d'année. Louisa deviendra-t-elle une vraie « graine de ballerine » ?

805 Ménès premier pharaon d'Egypte **Senior**
par Alain Surget
Héritier du trône, Ménès doit braver mille dangers pour prouver qu'il est digne du titre de premier pharaon d'Égypte. Saura-t-il affronter ses ennemis, et devenir le Maître des Deux Terres ?

804 Jalouses! **Senior**
par Christian de Montella
Comment Simon aurait-il pu deviner que sa copine de bac à sable était devenue une véritable top-model ? Comment aurait-il pu éviter la crise de jalousie de Véronique, sa petite amie ?

803 Baisse pas les bras papa! **Junior**
par Christine Féret-Fleury
Depuis que Papa est au chômage, les fous rires, c'est terminé ! Au menu : soupe à la grimace. Il n'y a plus qu'une solution : l'aider à retrouver du travail.

802 De S@cha à M@cha **Senior**
par Rachel Hausfater-Douieb et Yaël Hassan
Sacha envoie des emails, comme des bouteilles à la mer, à des adresses imaginaires. Jusqu'au jour où Macha lui répond. Une véritable @mitié va naître de leurs échanges.

801 Rendez-vous dans l'impasse **Senior**
par Kochka
« Une histoire d'amour dont vous êtes le héros » : c'est le sujet de la prochaine rédaction de Marie. Partie à la recherche de l'inspiration, Marie débouche dans une impasse, où elle aperçoit un garçon qui s'enfuit en la voyant...

800 La main du diable **Senior**
par John Morressy
Béran veut être jongleur itinérant. Mais sur les routes du Moyen Âge, le diable rôde aussi : un jour, il lui propose de devenir le plus grand jongleur du monde... en échange de son âme!

799 La révolte des Camisards **Junior**
par Bertrand Solet
1685 : révocation de l'Édit de Nantes. Près d'Alès, Vincent, jeune drapier et rebelle protestant, est aimé de la belle Isabeau. Trahi par un ami jaloux, il s'engage aux côtés des « Camisards » pour défendre sa religion.

798 Louison et monsieur Molière **Senior**
par Marie-Christine Helgerson
Louison a dix ans quand Molière la choisit pour jouer dans sa dernière pièce. Et pas n'importe où ! À la Comédie Française, devant la cour du Roi Soleil...

797 Les gants disparus **Senior**
par Marie-Claude Huc
Millau, capitale du gant, fin 1918. Irène, quatorze ans, jeune ouvrière douée de la ganterie Palliès, est fière de son travail... Mais un vol vient semer le trouble dans la petite ville...

795 Je veux MON chien! Junior

par Colby Rodowsky

Ellie n'est pas contente, ce n'est pas un chien comme ça qu'elle voulait ! Depuis le temps qu'elle demandait à ses parents un petit chiot… elle se retrouve avec une espèce de vieux chien sans charme qui appartenait à sa grand-tante !

794 L'arche des Noé Junior

par Wendy Orr

M. et Mme Noé possèdent le plus grand et le plus merveilleux des magasins d'animaux. Ils l'ont appelé « l'arche des Noé ». Leur bonheur serait complet… si seulement ils avaient des enfants ! Or, le jour de ses sept ans, Sophie vient visiter leur magasin… Entre la petite fille et les Noé c'est le début d'une grande amitié.

793 Le dernier loup Senior

par Roland Smith

Tawupu, le grand-père de Jack, est retourné sur la terre de ses ancêtres, dans le désert de l'Arizona. Jack part l'y retrouver. Là-bas, l'inquiétude monte : un loup rôde dans la région. Jack saura-t-il protéger l'animal alors qu'on organise sa mise à mort ?

792 Quatre poules maboules Junior

par Robert Landa

Pour ne pas servir de dîner au fermier, Hugoline, Bruneheau, Rosette et la petite Prunelle, les quatre poules de la basse-cour, décident de s'enfuir. Elles se retrouvent au beau milieu d'une fête foraine : un tour de grande roue, un petit verre à la buvette, et nos quatre poules tournent maboules !

781 La princesse qui détestait les princes charmants **Junior**

par Paul Thiès

Il était une fois une princesse qui s'appelait Clémentine, et qui ne voulait pas épouser de prince charmant. Elle détestait carrément les princes charmants ! Elle n'avait qu'un rêve, transformer tous les garçons en grenouilles, sauf son ami Cabriole…

780 L'araignée magique **Junior**

par Nette Hilton

Jenny adore aller passer des vacances chez Violette-Anne, son arrière-grand-mère. Cette année, Jenny y découvre une invitée surprise : Pam, l'araignée à sept pattes. Cette araignée n'est pas ordinaire, et sa présence rappelle bien des souvenirs à Violette-Anne…

779 La fée Zoé **Junior**

par Linda Leopold Strauss

Qui a dit que les fées avaient des ailes et une baguette magique ? Lorsque Zoé entre dans la vie de Caroline, elle a l'air d'une petite fille tout à fait ordinaire… et pourtant ! Tout le monde ne peut pas voler et faire parler les chats !

778 L'île du vampire **Junior**

par Willis Hall

Rejeté à cause de ses ancêtres Dracula, les seuls amis du comte Alucard sont les loups de la forêt. Quand l'un d'eux est capturé, le comte improvise un sauvetage… qui se transforme en naufrage sur une île déserte !

767 Le quai des secrets **Senior**

par Brigitte Coppin

Bretagne, 1529. Un navire espagnol fait escale à Nantes et y laisse une femme, Leonora, et son fils, Jason. Leonora rencontre Jean, médecin, et ensemble ils ont une fille, Catherine. Un jour, Jason dérobe un miroir pour l'offrir à une jeune villageoise. Ce vol va entraîner la révélation de bien des secrets...

766 Le diable dans l'île **Senior**

par Christian de Montella

1604. Un navire espagnol accoste une île des Terres australes. Fils du commandant, Diego comprend la barbarie de cette conquête, et se joint au combat, mais du côté des indigènes. Commence alors une vie nouvelle, heureuse. Mais bientôt des incidents troublent le quotidien de l'île : les habitants sont persuadés que l'esprit du mal est parmi eux. Qui est donc le diable qui hante l'île ?

765 Sans toit en Bosnie **Senior**

par Els de Groen

Dans les ruines d'un village bosniaque, la guerre rôde. Seule Antonia y habite. Son but : survivre, afin d'aider trois adolescents, réfugiés dans la montagne proche. Un jour elle recueille Aida, rescapée d'un convoi de prisonniers. La vie est-elle encore possible pour tous ces adolescents ?

764 Le conquérant **Senior**

par Marguerite de Angeli

XVIIIe siècle : entre guerres et maladies, le malheur frappe de nombreuses familles en Angleterre. Robin n'a que dix ans lorsqu'il perd l'usage de ses jambes. Il parviendra à vivre avec son handicap,mais un autre défi l'attend : sauver le château.

759 Monsieur Labulle super magicien **Junior**
par Massimo Indrio
En pleine nuit, M.Labulle est réveillé par un bruit. Il découvre dans la cuisine une petite fille: Stella arrive de l'espace, elle est magicienne. Elle lui demande de l'accompagner dans une mission… explosive !

758 Monsieur Labulle super cosmonaute **Junior**
par Massimo Indrio
Lulu Tirebouchon est le meilleur ami de M. Labulle. Cet inventeur de génie vient de créer une fusée. M. Labulle accepte de tester l'engin : dans quelle drôle d'aventure s'est-il encore embarqué?

757 Monsieur Labulle super détective **Junior**
par Massimo Indrio
M. Labulle adore lire les aventures de Super Super. Quand il apprend l'enlèvement de l'oncle Rémi, il décide de prouver à son tour son courage. Attention! Monsieur Labulle mène l'enquête…

756 Monsieur Labulle super pilote **Junior**
par Massimo Indrio
M. Labulle, dans la vie il faut travailler! Oui, mais quel métier exercer? Pâtissier ou peintre en bâtiment? Pilote d'essai semble une meilleure idée… quelle course!

749 Khan, cheval des steppes **Senior**
par Federica de Cesco
Anga, jeune Mongole, sauve d'une meute de loups un magnifique poulain blanc. Anga et Khan deviennent inséparables. Mais le cheval est convoité par le chef de la tribu, puis réclamé par un prince: dans la Mongolie du XIIe siècle, Anga, fille de chasseur, pourra-t-elle garder son nouvel ami près d'elle?

748 Beau-Sire, cheval royal **Senior**

par Jacqueline Mirande

1214. Jean, jeune noble de quinze ans, est privé de ses richesses par son cousin. Il veut demander justice au souverain, Jean sans Terre, et s'enfuit avec Beau-Sire, son cheval. Mais ce magnifique étalon est très convoité : la route est semée d'obstacles et Jean, tombé aux mains d'un brigand, n'aura la liberté... qu'en échange de sa monture.

747 Un cheval pour totem **Senior**

par Alain Surget

Nuun a dix ans, l'âge auquel on devient adulte dans sa tribu. Il doit pour cela subir un rite d'initiation et choisir un animal-totem : ce sera le cheval. Quelques jours plus tard, il trouve un poulain, et l'adopte. Nuun le baptise Charbon, et ils deviennent inséparables. Mais le sorcier de la tribu est jaloux, et se fait menaçant...

746 Le cavalier du Nil **Senior**

par Alain Surget

Bitiou, fils de paysans dans l'Égypte des pharaons, est fasciné par les chevaux. Un jour, il se joint aux troupes de Ramsès II, qui regagnent Memphis. Arrivé au palais, Bitiou se faufile jusqu'aux écuries royales. C'est alors qu'il fait la connaissance du plus beau cheval de Pharaon : ensemble, ils vont vivre des aventures extraordinaires.

745 Punch et Judy **Senior**

par Avi

Les États-Unis, à la fin du XIXe siècle. Punch a huit ans à peine lorsqu'il est recueilli par la troupe ambulante des Joe MacSneed. Il apprend dès lors à vivre comme un vrai saltimbanque, aux côtés de Judy, la fille de Joe, dont il est amoureux. Mais bientôt, les difficultés s'accumulent...

744 Les naufragés du ciel **Senior**

par Daniel Vaxelaire

Octobre 1929, aéroport du Bourget : l'avion Farman 192 AJJB s'envole. À son bord, trois héros avec ce rêve fou, ce pari insensé : rallier la Réunion par les airs. Arriveront-ils à bon port ? Farman résistera-t-il aux tempêtes du continent africain ? La mer épargnera-t-elle les aventuriers ?

743 Viola Violon **Senior**

par Rachel Hausfater-Douieb

Viola a onze ans et déteste son prénom. Jusqu'au jour où Benny la surnomme « Viola Violon » : alors, pour que son prénom soit aussi beau que la musique d'un violon, Viola décide d'apprendre à jouer de cet instrument. Au fil des années, Viola va trouver son identité et s'accepter telle qu'elle est, grâce à la musique.

742 Un héros pas comme les autres **Junior**

par Anne-Marie Desplat-Duc

Mathias, un jeune paysan, vit au XVe siècle. Amoureux de la châtelaine Aelis, il n'ose pas lui avouer ses sentiments. Il finit par demander de l'aide à un personnage tout à fait inattendu... l'auteur !

737 L'été catastrophe ! **Senior**

par Margot Bosonnet

Depuis que Marcus a rejoint la bande du Ventre Rouge, les grandes vacances ne sont plus qu'une gigantesque bataille ! Grimper aux arbres à mains nues, voler des groseilles, passer la nuit dans une ruine abandonnée (et hantée !)... ces cinq lascars ont plus d'une idée en tête pour faire enrager voisins, parents... et même policiers !

736 **Tante Morbélia et les crânes hurleurs** **Senior**

par Joan Carris

Horreur ! Tante Morbélia vient s'installer chez Todd, et avec elle toutes ses légendes de crânes hurleurs et d'affreux fantômes ! En plus, c'est une ancienne maîtresse, qui veut lui faire réciter ses leçons chaque jour. Dire que pour Todd, retenir les douze mois de l'année est déjà tellement compliqué… Et puis surtout, surtout, il déteste les histoires qui font peur !

735 **Ah ! Si j'étais grand…** **Junior**

par Siobhan Parkinson

Ça n'est vraiment pas drôle d'avoir mille cent ans, d'être lutin et petit pour la vie ! Lorenz en a assez, assez, assez ! Mais voilà qu'il fait la connaissance d'Iris, qui elle, voudrait bien être moins ronde et rétrécir un peu. Que vont inventer les nouveaux amis pour changer de vie ?

734 **Un prince en baskets** **Senior**

par Liliane Korb et Laurence Lefèvre

Quelle surprise ! Solveig et Nils, descendus fouiller la cave pour s'occuper, y découvrent une jolie jeune fille assoupie… depuis deux cents ans ! N'y aurait-il pas un petit peu de sorcellerie là-dedans ? Et que faire d'une aristocrate qui a échappé à la Révolution, quand on a quatorze ans et qu'on porte des baskets ?

732 **L.O.L.A** **Senior**

par Claire Mazard

Qui adresse du courrier à Lola sans le signer ? Pour la jeune fille, ces lettres anonymes sont d'abord agaçantes, puis touchantes, et surtout intriguantes. Accompagnée de son petit frère Jérôme, Lola va mener une enquête… alors que la réponse est tout près d'eux, sous leurs yeux.

731 Ninon-Silence **Senior**
par Marie-Claude Bérot
Une nuit, Ninon est réveillée par des sanglots dans la chambre de ses parents. Elle entend cette phrase terrible : « Ninon n'est pas ta fille ! ». L'enfant a l'impression que le monde s'écroule autour d'elle. Le lendemain, Ninon a perdu la parole.

730 Le Maître des Deux Terres **Senior**
par Alain Surget
Antaref, roi de Haute-Égypte, a été assassiné. Son fils doit lui succéder. Mais le temps presse, car déjà la Basse-Égypte a déclaré la guerre. Ménès saura-t-il défendre son pays, venger son père et libérer son amie Thouyi, avant de devenir le premier pharaon ?

721 Prends garde aux dragons ! **Junior**
par Norbert Landa
Le roi et la reine partis en Italie, le petit prince Léo est seul au château. Il tombe sur un œuf de dragon. Que faire ? Le conserver ou le cuisiner ? Mais est-ce que c'est bon, une omelette de dragon ?

720 À vos marques ! **Senior**
par Michel Amelin
C'est reparti ! Dès le début de l'automne, la mère de Gontran est obsédée par le port de l'écharpe obligatoire ! Quelle horreur, surtout quand la dite écharpe a déjà été usée par des générations, depuis le frère aîné de l'arrière-grand-père de Gontran… Il aimerait tellement frimer avec des vêtements de marque, comme tant de ses copains !

718 **La vengeance du vampire** **Junior**

par Willis Hall

Dur, dur d'être vampire de nos jours, surtout vampire végétarien ! Rejeté pour les crimes de ses aïeux Dracula, le gentil Alucard voudrait tant qu'on l'aime ! Va-t-il trouver en Amérique le coin tranquille de ses rêves, où vivre en paix entouré d'amis ? Ce serait compter sans un ambitieux producteur de films d'horreur, un shérif du Kansas et un étrange homard géant…

717 **Nabab le héros** **Junior**

par Adèle Geras

Nabab est un chat que rien n'arrête. Or voici que la jungle d'à-côté redevient jardin civilisé. Et la nouvelle voisine ne veut pas de chat sur ses terres ! Nabab reculera-t-il devant un balai ?

716 **Popeline a disparu** **Junior**

par Adèle Geras

Popeline a été abandonnée toute jeune et a tant besoin d'être aimée ! Le jour où « sa » famille s'agrandit d'un nouveau-né, elle fait de son mieux pour l'accueillir à sa façon. Mais ses initiatives sont comprises tout de travers ! Popeline décide de fuguer…

715 **Signé : Fouji** **Junior**

par Adèle Geras

Fouji est le doyen des chats du square Édouard. Il ferait n'importe quoi pour « sa petite humaine » – sauf poser pour un portrait, sans bouger pendant un temps fou ! Pour échapper à la corvée, Fouji est prêt à tout… les résultats seront surprenants !

714 La revanche de Mimosa — Junior

par Adèle Geras

Toute ronde et d'un âge respectable, Mimosa est une chatte heureuse... jusqu'au jour où « sa » famille reçoit pour les vacances une petite humaine, une véritable peste de six ans. La vie de Mimosa devient un enfer ! Il faut chasser la visiteuse !

713 Jaguars — Senior

par Roland Smith

À peine de retour du Kenya, le père de Jake se lance dans un nouveau projet. Cette fois, il s'agit de créer une réserve de jaguars en Amazonie. Jake rejoint l'expédition pour les vacances. Mais la semaine a tôt fait de se transformer en une véritable épopée, et Jake en pilote virtuose d'U.L.M. !

712 L'élan bleu — Junior

par Daniel Pinkwater

Monsieur Breton se sent bien seul, dans son restaurant du bout du monde... Mais lorsqu'il rencontre l'élan bleu, tout va mieux ! Les clients se bousculent, sa soupe aux chipirons fait un carton, et, surtout, il a de vrais amis. Jusqu'au jour où l'élan bleu décide d'écrire un livre.

711 La Bande Sans Nom — Senior

par Guido Petter

Été 1944. Dans un petit village italien, des gamins rêvent d'aventures et de combats, et créent la Bande Sans Nom. Ils engagent bientôt les hostilités avec les Têtes de fer, tandis qu'au loin résonnent les coups de feu d'une autre guerre, bien réelle. Dans les montagnes, les partisans défendent la zone libre contre les milices fascistes.

Cet
ouvrage,
le neuf cent
dizième
de la collection
CASTOR POCHE,
a été achevé d'imprimer
sur les presses de l'imprimerie
Maury Eurolivres
Manchecourt - France
en décembre 2002

Dépôt légal : janvier 2003.
N° d'édition : 1267. Imprimé en France.
ISBN : 2-08-16-1267-4
ISSN : 0763-4497
Loi n° 49-956 du 16 juillet 1949
sur les publications destinées à la jeunesse